점등인이
켜는
별

점등인이 켜는 별

초판 1쇄 인쇄 · 2023년 12월 15일
초판 1쇄 발행 · 2023년 12월 23일

지은이 · 이정화
펴낸이 · 한봉숙
펴낸곳 · 푸른사상사

주간 · 맹문재 | 편집 · 지순이 | 교정 · 김수란, 노현정 | 마케팅 · 한정규
등록 · 1999년 7월 8일 제2-2876호
주소 · 경기도 파주시 회동길(서패동) 337-16
대표전화 · 031) 955-9111(2) | 팩시밀리 · 031) 955-9114
이메일 · prun21c@hanmail.net
홈페이지 · http://www.prun21c.com

ISBN 979-11-308-2125-2 03810
값 18,000원

이 책은 경남문화예술진흥원의 문화예술지원금을 보조받아 발간되었습니다.

푸른사상
산문선

54

점등인이
켜는

별

이 정 화
산 문 집

푸른사상
PRUNSASANG

작가의 말

그대가 읽는 수필의 주인공은 바로 접니다. 우리는 각자 인생의 주인공을 맡아 열연하느라 다른 연극을 볼 기회가 적습니다. 그렇지만 남이 하는 연극이 어떻게 전개되는지는 궁금해합니다. 함부로 알려고 하다간 속되게 보이거나 사생활 침해가 되지만, 자신을 펼쳐 보이며 인간의 무늬를 그리는 수필 문학이 있어서 나와 남의 삶과 생각을 들여다보게 됩니다.

수필은 고백적 에세이입니다. 지극히 주관적인 경험을 자기 연민에 빠져 쓴다면 그것은 발산이나 한탄밖에 되지 않습니다. 하늘 아래 땅 위에 뭐 그리 신선할 게 있을까요. 다 거기서 거기인 사람살이라도 문학 안에서 상상과 형상화되어 모두의 이야기로 확장되는 걸 보면, 천 개의 다양성으로 펼쳐지는 세상을 받아들이게 합니다.

책을 출산하기 위해 낱말이 적절하게 쓰였는지, 문장이 매끄러운지, 다듬으려고 부지런히 퇴고했습니다. 재주가 없는 나 같은 사람에게는 수필이 호락호락하지 않았죠. 힘이 들 때면 눈으로 읽었고, 기운이 있을 땐 소리 내어 읽어보면 걸리는 구석을 더 쉽게 발

점등인이 켜는 별

견하곤 했습니다. 발성기관에서 나오는 낯선 소리가 다른 이들이 듣는 저의 목소리입니다. 여태 세상에 어떤 목소리를 내며 살아왔던가. 도시에서는 신념으로 무장하고 제 목소리를 내는 데 주저하지 않았더랬죠. 산골로 들어와 기쁨도 슬픔도 없이 그냥 흘러가는 자연을 바라보니 비로소 내 서사의 중심엔 내가 있어야 한다는 걸 느꼈습니다. 드디어 내면의 나와 다른 것들의 목소리를 듣게 되었습니다. 나뭇잎 비비는 소리, 풀벌레 소리, 땀이 밴 노동의 소리를 들으며 나 자신을 만납니다.

수필도 한몫했습니다. 글을 쓰며 일상을 들여다보니 아옹다옹할 것도 없는 인생이란 걸 깨닫게 되었죠. 글 소리를 들을 수 있는 게 수필이 가진 매력 가운데 으뜸이었습니다. 문학을 분량으로만 재단할 수는 없지만, 수필 한 편을 소리 내어 읽으면 오 분에서 십 분 남짓한 시간이 듭니다. 시 한 편은 침 마를 새도 없고, 소설은 허 기지도록 깁니다. 수필은 머릿속에 상상의 그림을 그리며, 인식의 회로를 바쁘게 움직이며 입 마름에 다다를 즈음에 끝이 납니다. 너무 짧지도 길지도 않는 수필 속에는 타인의 삶을 통해 내 삶을 들여다보게 하는 장치가 숨어 있답니다.

어릴 적에는 간간이 글 소리를 들었어요. 사랑방에서 추임새가 섞인 증조부님의 글 읽는 소리, 안방에서 내방가사를 노래 부르듯이 읽던 할머니, 학교에서는 아이들도 팔을 쭉 뻗고 교과서를 또박또박 읽었습니다. 성대에 호흡을 실어 발성하면 내 소리가 귀로 들어갑니다. 눈과 입과 귀가 협력하여 온몸에 진동을 일으키고 뇌를 움직입니다. 단지, 소리 내어 읽었을 뿐인데 전신에 퍼지는 역동성을 느낍니다. 글 소리가 끊어진 세상에 수필은 삼삼오오 모이거나, 아니면 무료한 오후 시간에 나 홀로 낭랑하게 읽기에 안성맞춤입니다. 허구가 아닌 실제 누군가의 삶이 사물이나 철학적 의미로 연결되어 객관화됩니다. 지난 십여 년을 수필에 몰두하게 한 매력입니다.

처음 수필을 배울 때 곽흥렬 교수님의 수업은 저를 열정으로 온 밤을 불태우게 했습니다. 박양근 교수님은 삶의 지평을 넓히는 눈을 주셨습니다. 두 분은 투철한 작가정신으로 삶을 정진하는 태도를 보여주었지만, 저는 그저 수필을 머리에 담고 즐기고만 있습니다. 이 책은 이제 조금 바닥을 다지는 입문의 보고서입니다. 두 분 스승님의 이름을 올렸으니 누가 되지 않는 글을 쓰는 작가로 살아가리라는 마음을 새깁니다.

이런저런 삶을 기록하며 문적(文籍)을 즐겨 하던 미완의 작가 어머니께 이 책을 바칩니다.

2023년 여름
답운루(踏雲樓)에서

작가의 말

차례

점등인이 켜는 별

차례

점등인이 켜는 별

차례

1부

동청도사리암이씨심방

R석 12열 9번 공연

　출연진들은 객석의 열정을 탐한다. 조명이 꺼지고 작은 소리에 귀를 은밀하게 기울인다. 어떤 관객이 왔을까 기대감에 심장이 요동치고 어떤 반응과 호응을 보여줄까 온 신경이 팽팽해진다. 무대와 객석 사이에 보이지 않는 긴장의 줄이 이어진다.

　사바나에 해가 떠오른다. 오프닝 노래가 울리면서 아기 사자 심바의 탄생을 알린다. 뒷문이 열리고 기린, 얼룩말, 코끼리, 누 떼로 분장한 단막 배우들이 밀림을 걷듯 의자 사이 통로를 지나간다. 야생 짐승들의 몸놀림을 그대로 재현하는 움직임에 이미 사람들은 아프리카 초원을 밟고 서 있다는 기분에 빠진다. 등장인물들은 보이지 않는 주문으로 관객을 끌어당긴다. 관객도 배우들의 몸짓 따라 말초감각을 총동원하여 뮤지컬이라는 프레임을 만들어간다.

　공연마다 연출하는 내용은 가지각색이다. 사물놀이 공연은 광대가 풍악을 울리며 객석 사이에 바람을 일으키며 지나간다. 풍물패의 삼색 띠가 흥겹게 일렁거리면 꽹과리, 장구, 북, 피리 가락이 공간을 채운다. T.S. 엘리엇의 시「지혜로운 고양이가 되기 위한 지침서」에 곡을 붙인 〈캣츠〉의 배우들은 진짜 고양이라도 된 듯하다. 오페라극장 3층 객석에서 2층으로, 다시 1층으로 뛰어내린다. 공연 시작부터 고양이의 꼬리가 남기고 간 흥분으로 전율한다. 공연장은 술렁거리고 객석은 들뜬 분위기로 환상의 세계로 들어간다. 무대 뒤에 있을 연출가의 미소 띤 얼굴이 연상된다.

산골에 들어앉고부터는 영화 한 편 보려고 해도 쉬운 일이 아니다. 산골의 사계절은 어느 예술작품에 못지않은 만족을 선물로 주지만, 긴 시간 땀을 흘리는 예술가를 이문목도(耳聞目睹)하고 싶은 충동은 채워주지 못한다. 인간은 밥만으로 살 수 없는 형이상학의 부레를 품고 있으니까. 예술의 경지를 함께 체험하는 것만으로도 불온한 기운이, 스멀거리던 세속의 욕망이 개운하게 씻겨나가는 것 같다. 연극을 보러 갈 땐 각오를 단단히 하고 서로의 숨을 나누려 한다.

무대는 오랫동안 피나는 노력을 한 자에게 주어진다. 객석에 앉아서 구경하다 보면 무대 위에서 펼쳐지는 연주든, 연극이든, 노래든, 춤이든, 쉽게 다가올 때가 있다. 예술 감상에서 편안해 보인다는 건 작품 수준이 낮다는 의미가 아니라 관객과 공감하도록 상당한 노력을 기울였다는 증거다. 조금만 부족해도 삐걱거리고, 보는 이를 조바심치게 만든다. 인생을 바쳐 그 길을 걷는 이들의 즐거움은 무대 위에서 관객과 하나가 되었다는 카타르시스를 성취할 때가 아닐까.

뇌를 튕기듯 울리는 득음의 소리, 어마어마한 분량의 대사, 작은 근육의 움직임으로 이루어지는 섬세한 몸짓, 다양한 악기가 절묘한 조화를 이루는 G선의 선율, 한계를 초월한 무용수의 격정, 능청스럽게 풀어놓는 배우의 해학. 이런 것을 맞이할 때면 아침 숲속에서 온갖 새들의 지저귀는 소리를 듣는 듯 귀를 연다. 풀잎에 매달려 영롱한 빛을 내는 이슬이 닿는 싱그러운 기분이 든다.

최고의 관객이 위대한 예술가를 만든다. 공연장에 입장하는 순간 관객과 청중은 데시벨 높은 갈채로 예술가의 기를 살리고, 기량을 한껏 발휘하도록 주술을 서로에게 건다. 공연자들도 관객과 일체감을 이루기 위해 연기의 일부인 객석 통로를 과감하게 때로는 은밀하게 오간다. 짧은 순간을 객석에서 공연하지만, 그 공간의 주인은 따로 있다. 출연자들의 뜻밖 출연에 흠뻑 빠진 관객들은 경탄의 환호성을 숨기지 않는다. 격려의 박수로 훈훈한 막을 내리거나, 끝날 것 같지 않은 커튼콜로 브라보를 표현할 때도 예술회관은 혼연일체의 공연장이 된다.

오래전, 아이들과 〈집으로…〉 영화를 보러 갔다. 외가에 간 소년이 소에게 쫓기는 장면을 보는데 옆에 있던 둘째 아이가 극장이 떠나가도록 "뛰어!" 소리를 질렀다. 관객은 아이의 행동이 귀여워서 웃었지만, 이 정도로 몰입하는 아이가 진짜 문화인 같았다. 공연을 시작할 때 불을 끄는 이유는 출연진에게 스포트라이트를 비추기 위해서이기도 하지만, 객석의 집중도를 높이려는 장치의 하나다. 어둠을 빌려 감정을 거침없이 표출하고, 신선한 감동을 드러내는 사람들이 많을수록 공연자도 재능을 한껏 표현할 수 있다.

대중 공연을 보러 가면 나는 관객의 역할을 충실히 하는 연기자가 된다. 관중의 박수 소리와 함성이 작으면 깊이 숨은 내 끼를 불러 모은다. 출연자들은 피나는 연습으로 내 몸 구석구석 쪼그라든 세포를 빵빵하게 살아나게 하고, 관객으로부터 응원과 에너지를 받아먹으니 그들에게 보답해야 한다. 예술가와 관람자도 궁합이 있는 것 같다. 긴 세월 동안 연기와 연주에 혼신을 바친 밤낮을 짐작한다. 그 노고는 보상받아야 한다고 믿으므로 자리에서 일어나는 걸 서슴지 않는다. 감동은 웃음과 눈물로, 경탄의 눈빛으로, 열광의 환호로 표현된다. 내 호응은 늘 연주자와의 물아일체(物我一體)다.

심드렁한 객석을 본 공연자는 자신의 재주를 신명 나게 뽐내기가 쉽지 않을 터. 흥취를 아무리 끌어올리려 해도 객석이 젖은 이불처럼 무겁게 가라앉아 있다면 힘이 나지 않을 게다. 반면, 출연자의 몸짓 따라 객석이 들썩이며 요동치면 숨겨져 있는 역량을 발휘하는 건 시간 문제다. 극적인 쾌감과 감정적 해방을 가져다주는 예술만이 찌든 감정을 정화하고 희열에 들뜬 탄성을 내지르게 해준다. 관중의 영혼을 붙잡으려는 시도는 그들의 도움 없이는 어려울지도 모른다.

음악회에 가면 앞에 배치된 바이올린보다 뒤에 자리한 호른, 트럼펫, 심벌즈, 팀파니에 눈길이 간다. 긴장 속에 연주를 따라가다가 자신의 순서가 되면 치고 빠진다. 악보를 넘겨가며 박자를 놓치지 않으려는 행동이 진지하면서도 우스꽝스럽다. 객석에 앉아 있는 관중은 자주 울리지 않은 악기와 같다. 장과 장 사이에 아주 짧게 음악이 멈추면 관중석에서는 참았던 기침 소리가 터져 나온다. 지휘자가 이쪽저쪽을 한 번씩 쳐다보며 신호를 보내면 이내 몸의 잡음을 잠재우고 귀를 활짝 연다. 모든 악보의 끝은 연주하는 자와 연주자를 보는 이의 숨과 시선이 멎는 지점이다. 손바닥 악기의 우레 같은 박수 소리가 끝나야 오케스트라 대단원의 진정한 막이 내린다.

출연자는 탈탈 털어 보여주었다. 머리카락 끝에 매달린 땀방울이 사방으로 흩날리고, 눈빛은 이글거리다 못해 저녁 황혼처럼 붉게 젖어간다. 메인 곡을 다시 부르고 클라이맥스의 고음을 한 옥타브 높여 머리카락까지 곤두서게 한다. 독한 오버 프루프 럼을 넣은 카타르시스 칵테일을 더블샷으로 마신 것처럼 심취한다. 집단적이고 고차원적인 쾌감으로 마비된 몸은 마법에 걸린 듯 지구 두 바퀴나 되는 혈관을 따라 전신에 퍼진다.

무대 공연은 기획과 연출로 짜지만, 객석 R석 12열 9번 좌석에서

하는 좌식 공연은 우연히 일어날 때 고무된다. 즐길 준비만 되었다면 시야 장애석이라도 나는 로열석에 앉아 있는 것 같다.

점등인이 켜는 별

개인[犬人]지도

강인했던 먼 조상일랑 잊어버린 지 오래다. 대평원을 압도하던 매서운 눈빛은 유순해졌으나 북방의 초원을 몸으로 기억하는지, 온종일 풀 더미 위에 엎드린 채 꼼짝하지 않는다. 밥을 주면 본능적으로 기쁨을 드러내지만, 밥그릇이 비면 이내 무심한 얼굴로 해가 기울도록 먼 산을 바라본다.

누리란 이름을 보면 원시시대로 돌아가 들판을 달리며 들짐승을 잡아먹어야 행복할 법하다. 나무 한 그루 보이지 않는 척박한 중앙아시아의 광야를 내달리거나, 북아메리카의 짱짱한 숲속을 누벼야 한껏 자유로울 게다. 사람에게도 야성의 기질이 있다면 하다못해 시장바닥이라도 누벼야 살맛을 느낄 것이다. 곯은 배를 채우기 위해 사흘 낮 밤을 뛰는 역동의 몸부림은 야성의 짐승에게 어울린다.

누리는 우리 집에서 키우는 개다. 풍산개 이름에 걸맞게 온 누리를 뛰어다녀야 하건만 지금 굵은 쇠사슬에 묶여 있다. 누리는 원시 개의 후예이지만 이젠 원하지 않더라도 조상 개의 야성을 잃었다. 일단 길들어지면서 수컷의 본능이 되살아날 때가 아니고는 거의 인간 생활에 적응한 듯 보인다.

누리에게서 내 아버지를 본다. 젊은 시절 합기도로 단련한 아버지의 탄탄했던 몸은 나이 앞에 장사 없듯이 쇠잔의 기운에 무너져 버렸다. 돌덩어리 같았던 주먹은 온종일 화투장으로 운세를 떠보는 손으로 변했다. 한두 해가 지나면서 아버지는 그마저도 잊어버리고 골방에 누워 니코틴에 전 천장만 응시했다. 생의 끝자락에 제 몸을 구속하는 게 더 비통할지도 모른다. 고양이와 새와 쥐의 도발에나 강한 육체를 드러내 보이는 누리도 심드렁하게 엎드려 있다.

지난여름, 밥그릇에 사료를 가득 부어놓고 여행을 떠났다. 돌아오니 밥그릇이 그대로였다. 누리는 사흘 동안 물만 먹으며 그득하게 앞에 놓인 사료를 한 입도 먹지 않았다. 주인이 집에 돌아오는지 확인하고서야 허겁지겁 사료를 먹었다. 주인이 없는 실망에 곡기를 끊었는지, 주인이 귀가하는 것을 확인한 뒤 먹겠다는 충성심을 보여주려 했는지. 외출한 주인이 무사한지 모르는데 자신은 밥을 먹는다는 것을 치사스럽게 여긴 걸까. 어떤 이유인지는 모르지만 누리는 주인보다 훨씬 의리를 챙기고 염치 있다는 것을 그때 알았다. 사람도 먹는 모습을 보면 염치와 도리의 정도를 짐작할 수 있다. 사람은 기다리던 이가 오지 않아도 배가 고프면 혼자 먹기도 한다. 하지만 누리는 밥그릇의 허기보다 체통을 더 중시한 것이다.

누리를 데리고 산책할 때면 더 의젓하기 이를 데 없다. 집집이 매여 있는 동네 개들이 제 목줄을 옥죄며 짖어대어도 누리는 무심하기만 하다. 좌우를 사열하듯 목을 올리고 전진하면 마치 의장대장 자세만큼 당당하다. 스스로 강하다고 여기는 개는 잘 짖지 않는다. 한 줄기 오줌 세례로 영역을 넓혀갈 뿐이다.

시인 마종기는「벌레 죽이기」라는 시에서 "강한 것은 성대가 퇴화한다. 약한 자를 죽여서 먹어버리는데 일일이 변명이나 설명이 필요 없기 때문이다. 독수리는 성대가 아예 없어 울음소리를 들은 자가 없다"라고 했다. 그렇더라도 눈 덮인 시베리아의 향수를 불러일으키며 누리의 침묵에서 사자의 과묵함이 느껴지면, 순종하는가를 확인하기 위해 먼저 말을 걸어본다. 그러면 꼬리를 빙글빙글 돌리며 겅중겅중 뛰어오르는 사랑스러운 풍산개로 돌아온 게다. 야생개의 체통을 지키면서 인간과 소통하려는 믿음직한 처신이 나를 안심시켜준다.

누리와 동거를 시작한 것은 산촌에 살면서부터다. 동네 출입을 할 때나 나들이 갈 때 '갔다 올게' 하면 누리는 멀뚱한 얼굴로 고개를 삐죽 내민다. 돌아오면 벌떡 일어나 크게 꼬리를 한 바퀴 돌린다. 그게 전부다. 한 집안이지만 각자 하는 역할과 머무는 곳이 다르다. 말을 나누는 시간은 실제 얼마 되지 않아도 반나절 동안의 모든 일을 전부 주고받는다. 친정에 가면 아버지의 손을 잡고 잠시 등

개인[犬人]지도

을 어루만졌다가는, 엄마와 쉴 새 없이 이야기를 나누었다. 누리가 귀가한 나를 반가워하는 모습을 볼 때면, 아버지 살아생전에 더 살갑게 안아드리지 못했을까 깊은 회한이 든다.

팔십 고개를 앞둔 엄마는 '너거 아버지 먼저 보내고 내가 가야 너희들 고생 안 한다'라며 입버릇처럼 외웠다. 듣기 싫어도 본심임을 조금도 의심하지 않았다. 누워 계시는 아버지이므로 당연히 먼저 가실 거라 생각했지만, 엄마가 먼저 떠났다. 그 뒤 병상의 아버지는 잠에서 깨어나면 인생의 장애물을 덜어내듯 손끝으로 방바닥의 부스러기를 열심히 찍어냈다. 때로는 베란다에 의자를 놓고 지금의 누리처럼 하염없이 바깥을 내다보았다.

칠 년 전, 엄마의 죽음도 알아차리지 못하는 정도가 되었어도 아버지는 누리처럼 염치와 체통을 잃지 않았다. 급성 황달로 응급실에 있던 때, 아버지는 영양제를 체내에 흡수하지 못하고 침대에 쏟아냈다. 기저귀 밖으로 흘러나오는 액체를 치우려고 바지를 벗겼다. 아버지는 링거가 꽂힌 퉁퉁 부은 손으로 바지춤을 붙잡았다. 치매가 되어도 오십줄의 딸자식에게 보이고 싶지 않은 부끄러움 때문일까. 그때 아버지의 눈빛은 돌아가신 엄마를 찾을 때의 불안했던 것과 달리 염치와 체면을 잊지 않은 눈빛이었다. 그건 자전거 앞에 나를 태울 때와 같았다. 어린 날 아버지의 자전거 앞 높은 안장에 앉아 나들이를 갈 때, 바람결에 날리는 머리칼과 새하얀 와이셔츠를 입은 아버지였다. 수많은 말을 전해주던 아버지의 말년의 눈은 입을 대신하고 있었다. 그로부터 보름이 지난 뒤 엄마 곁으로 떠나갔다. 그때 나는 눈빛만으로도 많은 말들을 나눌 수 있고 눈을 마주하면 하지 않는 속말도 들을 수 있다는 것을 알았다.

아버지의 지루하고 따분한 한나절이 안타까웠다. 아버지 앞에 놓여 있었던 속절없는 시간이 새삼 안쓰러워, 누리의 텅 빈 시간을 산책으로 채워주어야겠다는 조바심이 일었다. 오직 자극만이 외로움을 채울 수 있다고 믿었으니 아버지는 방바닥을 쓸고 닦고 찍어냈을 테다. 가만히 허공을 응시하던 아버지와 누리를 통해 무의미한 시간이 유의미한 시간임을 알게 되었다. 의미와 보람만을 추구하는 게 반드시 잘 살아가는 게 아니라는 뜻이다. 그것은 야성을 잃고 운명에 길들어진 모습이었다. 무엇을 하는지, 무엇을 해야 하는지는 중요한 문제가 아니다. 그냥 존재하는 것이 생명체의 본분이다.

누리는 제 수명을 다하고 자연으로 돌아갔다. 햇살 속에 앉아 먼 산을 관조하던 누리는 없지만, 하루를 셈하지 않고 그냥 어제와 다를 바 없이 오늘을 살았다. 누군가와 함께 살아간다면 지루한 일상을 견디는 고독의 힘을 키워야 한다. 모든 존재는 '어쩌다'라는 우연이 아니라 '억겁'의 세월이 낳은 필연의 결과였다.

누리는 사람 집 마당으로 들어왔을지라도 야생 상태 조상견의 '소요유(逍遙遊)'를 보여주었다. 누리는 제 처지에 맞게 살다 갔다. 나는 누리에게 한 수 배웠다. 물론 그와 나만의 개–인[犬–人]지도다.

개인[犬人]지도

연애 감성 물성

시골 우체국, 창문엔 하루 종일 햇살이 가득하다. 긴 의자 끝자락에 앉아 하얀 파꽃을 머리에 인 할머니가 콧잔등에 안경을 걸치고 책을 읽는다. 옆에는 어린 손녀가 다리를 얄랑거리며 책 속의 낱말과 그림을 따라간다. 겨울에는 따뜻해서, 여름으로는 시원해서 내 집처럼 지낸다는 그분이 우체국장보다 더 친근하다.

테이블 위에는 돋보기와 물풀, 유성펜과 사인펜이 가지런히 꽂혀 있다. 내가 쓸 수 있는 한 가장 정갈한 글씨체로 주소를 써도 어색한 촌스러움을 거둘 수 없다. 무딘 필체를 가리는 듯 삼백오십 원짜리 우표를 붙이고 우두커니 잠시 섰다. 몸을 돌려 우체국임을 알리는 우체통에 편지를 넣는다. '툭' 떨어지는 소리에 햇살이 잠시 흔들린다.

그저께 막걸리 열댓 병을 종이 상자에 넣은 앳된 소녀가 우체국

직원과 실랑이를 벌이는 광경을 보았다. 쏟아지고 터져서 생막걸리는 택배를 보낼 수 없다던 직원이 뽁뽁이 비닐을 가져와 병뚜껑에 덮고 노란 고무줄로 칭칭 감아준다. 그러다가 "사병이 군대에서 술을 먹을 수 있느냐"며 남자 직원에게 묻는다. 무슨 내막인지는 모르겠지만 소녀는 "연락을 받았으니 무조건 보내야 한다"며 맞선다. 부산한 의논 끝에 택배는 취소되었다. 누가 봐도 택배 보내기엔 난처한 물건이건만 그토록 우기는 소녀를 보며 군인이 오빠인지 애인인지 추리하고 싶어졌다.

상자 안에 놓인 막걸리 병에서 효모 냄새가 난다. 살아 있는 균들이 숨을 쉬느라 느슨한 뚜껑 사이로 비집고 나온 게다. 부챗살 같은 햇발에 노출되는 재채기처럼, 콤콤하게 발효되는 막걸리 냄새처럼 사랑은 감출 수 없다. 아무리 단속하고 눌러도 어딘가 터진 곳을 찾아 눌렸던 정서가 솔솔 새어 나온다. 병 속에서 부글부글 숙성되어 가는 유산균처럼 연인의 가슴엔 감정의 호르몬이 자라나고 있는 게다. 너무 억압하면 시들어 병이 나고, 마냥 드러내면 철없어 보이는 사랑은 성숙해가기 위한 고통의 증상이다. 샐까 봐 개자를 꼭 틀어 막아버리면 막걸리의 균도 사랑의 싹도 살아남지 못한다. 어깨너머로 슬쩍 보았던 택배 상자는 어딘가 허술해 보였다. 그렇구나. 사랑을 뺀 의무감이 막걸리 포장 박스에 담겨 있는 것이구나.

상자에는 사방이 빈틈이었다. 사랑이란 빈 곳이 있으면 애틋함이 없어 보인다. 넘치고 넘쳐 주체할 수 없이 아파야 청춘의 열병이

연애 감성 물성

지 않은가. 술병만 놓여 있는 상자는 맡은 일로만 꾸린 짐에 지나지 않는다. 상자를 꽉 채우지 못한 탁주 열댓 병은 조금만 충격을 줘도 넘어질 신세에, 고무신을 거꾸로 신는다는 군인의 애인같이 유통기한마저 임박해 보였다. 만약 연인이 보내달라고 했다면 아이스팩을 넣고, 상자 빈 곳에 빼빼로니 초코파이 같은 달달한 것들로 채웠을 게다. 앙증맞은 리본을 붙인 분홍 편지도 넣었을 게다. 그리움이 묻어나는 애달픈 편지가 있어야 무심한 택배 상자가 아니라 사랑의 선물 상자가 된다. 감성이 묻어나는 물성이 없어 달큰한 냄새만 풍기는 막걸리 통이 더욱 신통찮아 보였다.

우체국 하면 청마가 떠오른다. '우체국 창문 아래서 오늘도 너에게 편지를 쓰며 사랑받기보다 사랑하였으므로 행복하나니라'고 했던. 청마도 처음에는 흔들리는 운명을 맞닥뜨릴 줄은 꿈에도 몰랐으리라. 유치환과 이영도는 '나의 운'과 '나의 M'으로 서로를 불렀다. 암호 같은 둘만의 호칭에 숨겨진 감성의 비밀은 누구도 쉽게 알아차릴 수 없었다. 별칭이 든 편지는 연정의 문자로 빈틈없이 새겨졌다. 플라토닉 사랑이라 혹자는 말해도, 대청마루에 누운 'M'이 걸친 모시옷은 '운'이 정성 들여 매만진 정표였다. 연인에게로 가는 물질에 감정이 묻지 않은 게 있기나 할까. 뜨거운 끌림이 연서 속에 녹아들어 연애 감성이 시가 되고 연정 감성은 시조가 되었다.

편지만 실어 나르는 우체국은 작을수록 정겹다. 물류 확대라는 거대한 변화 속에서 덩치 큰 물건들을 전달하는 곳은 마땅히 소란스럽고 바빠 보인다. 코로나 탓에 전국이 통제하기 어려울 만큼 물류 대란에 빠질수록 잃어버린 손 글씨와 부끄러운 속내와 오글거리는 고백을 담은 편지가 그립다. 손수건 귀퉁이에 예쁜 색실로 이니셜을 수놓고, 대바늘로 한 코씩 늘인 그리움을 서리서리 짜 올린 털 목도리 소포는 사라져버린 걸까. 소녀도 볼을 붉히는 인연을 만난다면, 우체국으로 달려와 조그만 선물 포장에 절절한 쪽지 한 장은 보낼 것만 같다. 적어도 시골 우체국에서는 어딘가로 그런 소포를 부치는 소녀가 있었으면 좋겠다.

에메랄드빛 하늘이 보이는 우체국 창문이야말로 내겐 감성을 부추기는 물성이다. 남들에겐 그저 조그만 건물일지라도 장날이 되면 볕이 잘 드는 우체국 창가에 앉는다. 자전거 탄 한 무리의 남녀가 지나간다. 운 좋으면, 잠든 아기를 태운 유모차를 살갑게 밀고 가는 젊은 새댁도 본다. 창가에 앉아 에세이를 읽는 누군가와 무연의 눈빛이 마주치는 사람이 있다면 그 두 사람에게 연애할 수 있는 자격증이라도 주고 싶다.

오래전 푸른 봄날 같던 날, 사랑이 싹틀 때 울지 않는 전화기에 신경 쓰느라 아무것도 할 수 없었다. 어떤 날은 하루 종일 귀에서 전화벨 소리가 이명처럼 들렸다. 수없이 수화기를 들고 확인해도 귓속은 그저 먹먹했다. 그럴수록 감정 없는 사물엔 보랏빛 격정이 스며들었고, 조바심에 시달리는 신병을 앓았다. 전화기나 편지만큼 기다림에의 족쇄를 채우는 감성을 품은 물건은 없었다.

긴 결혼 생활은 달뜬 감성을 무디게 한다. 아슬아슬한 로맨스는 잔잔한 물살로 남았다. 이제 나를 살 떨리게 하는 감성 물질은 세상을 구경시켜주는 책만 한 게 없다. 책에 대한 호기심마저 시들하다면 자를 잰 듯한 논리와 상식 안에서 건조한 일상을 어찌 견딜 수 있을까. 책 속에는 힘에 부치지 않은 운동성이 있고, 가슴 저린 애절한 파문이 넘친다. 타인의 일생이고 타자들의 사랑이건만 가슴이 시도 때도 없이 쿵쾅거린다. 책 속의 아픔과 슬픔만으로도 종이 박스 속의 열댓 병 막걸리 통처럼 흔들린다면 아직 감성 기질은 남아 있다고 스스로 위로한다. 청춘기와 달리 중년을 넘긴 사람의 감성 냄새는 어떨까. 책이란 감성 물성의 향기는 어떤 맛일까.

책상 위에서는 내 가난한 시절의 사랑을 떠올려주는 문장에 긴 줄을 긋는 연필만이 분주하다.

점등인이 켜는 별

동청도사리암이씨심방[*]

오르막길이 놓였다. 삼복염천에 계획하지 않던 산길을 오른다. 두 다리는 갈수록 무거워지건만, 비탈길과 층층 돌계단은 더욱 가팔라진다. 중력을 거스르는 걸음에 힘을 주어 지구를 묵직하게 밀어 올릴 수밖에 없다.

사리암 앞에까지 차가 들어간다는 말을 들었던 것도 같다. 막상 와보니 산기슭에서 산꼭지까지 올라가야 법당 문고리라도 만져볼 수 있는 곳이다. 막막한 심정으로 쳐다보니 산 능선 아래 암자 처마가 살포시 고개를 들어 반긴다. 애추(崖錐)를 이룬 벼랑은 아득하지만, 그곳에 다다르는 길이 놓였다. '귀찮다', '가기 싫다'는 마음의

---

[*] 동청도(東清道)사리암(邪離庵)이씨(李氏)심방(尋訪). 백석의 「남신의주(南新義州)유동(柳洞)박시봉방(朴時逢方)」에서 오마주함.

소리를 애써 외면하면서 발을 내딛는다.

한때 기암괴석으로 우뚝 섰던 바위가 풍화에 부서져 검은 파석이 흘러내린다. 암괴류로 굴러 내리는 돌은 푸른 이끼로 흔적을 남기기 마련이다. 거뭇거뭇한 돌들 속에 유독 눈길을 끄는 흰 돌이 빛을 낸다. 깎은 듯 납작한 모양이 화분 받침으로 쓰면 참 어울릴 것 같았다. 자연물마다 제자리가 있다지만, 흔하디흔한 돌무더기 속에서 돌 하나 건져 내 것으로 차지하는 게 대수인가.

문득, 큰 것도 아닌 자잘한 것들에 집착하면서 내 욕망이 바닥을 보였다는 생각이 들었다. 가파른 비탈과 무더위로 심장은 뛰고 머리는 하얗게 비워졌어도, 물욕만은 사그라들지 않는다. 치사하지만 올라온 길을 내려다보고 올라갈 길을 쳐다보면서 흰 돌이 놓인 자리를 점찍었다. 잊어버리지 않으려 주변 나무도 몇 그루 눈에 집어넣는다.

불현듯 흰 돌에서 시인 백석을 떠올린다. 시집과 평전을 읽어서라기보다는 백석의 이름 탓인지도 모르겠다. 근대를 살았던 백석 시인은 시대의 멋쟁이였다. 올돌한 키와 훤한 인물은 어디에서나 돋보였다. 동료들과 같이 어울릴수록 검은 돌 사이에 낀 흰 돌처럼 눈길을 끌었다. 좌절 속에서 삶의 의지를 다지는 이는 빛이 난다. 소박한 겸손은 순수해서 그 빛을 잃지 않는다. 오석(烏石) 더미 속의 백석(白石) 하나가 한 시대를 풍미한 백석 시인의 환생만큼 눈부시기만 하다.

점등인이 켜는 별

백석은 시인이 아닌가. 「남신의주(南新義州)유동(柳洞)박시봉방(朴時逢方)」에서 "내 어지러운 마음에는 슬픔이며, 한탄이며, 가라앉을 것은 차츰 앙금이 되어 가라앉고"라고 읊는다. 시인은 신의주 남쪽에 위치한 유동 마을의 박시봉 집에 머물며, 슬픔과 무기력을 떠나보내고 새로운 삶을 다짐한다. 이 시에는 서른한 번의 쉼표가 찍혔다. 비평가들은 감상에 빠지지 않기 위한 시인의 수법이라고 하지만, 내겐 자신을 향한 엄한 검은 돌이라 여겨진다. 하얀 돌바닥에 놓인 오석 같은 쉼표는 분명 대책 없이 흐르는 정서를 막는 역할을 할 것이다. 이처럼 흑과 백은 상극이 아니라 서로를 보(補)하고 조(助)한다.

흰 돌[白石]은 그에겐 순정한 마음을 표상하는 상징이다. 계곡을 덮은 검은 돌무지에서 유난히 빛나던 흰 돌이 백석이다. '백기행'이라는 본명보다 '백석'으로 남고 싶은 이유가 있었다. 박꽃보다 희고, 눈이 푹푹 나리는 날, 흰 당나귀를 타고, 산골 마가리에 살고 싶어 했던 시인이다. 순수하고 숭고한 색을 지닌 돌을 자신의 성씨에 붙이면 흰 돌처럼 정갈한 아름다움을 지니리라 기대했는가 보다.

순간 내 눈이 나를 들여다본다. 돌 하나에 대한 욕심이 일순간에 무수히 많은 탁한 돌더미를 끌고 왔다. 천 팔 계단을 오르며 만 팔백 개도 모자랄 만큼 많은 돌들이 회초리 같았다. 사방천지가 돌무더기, 돌무덤이었다. 탐내던 흰 돌을 비로소 놓은 손으로도 육신의 무게를 물고 있는 욕망을 떼어내기가 어려웠다. 욕심을 잡은 것은

동청도사리암이씨심방

순간이었으나 욕심에서 발을 떼어내기란 여간 힘든 것이 아니다. 땀구멍마다 구슬땀을 흘리고 갖은 고통에서 놓여나려고 발버둥을 치며, 세속을 벗어난 절을 찾아 오랜 애를 써야 간신히 벗어난다. 뒷걸음치기만 하면 만사 끝이다. 벗어나려는 때에 벗어나려는 집착을 차라리 끈기라 할 만하다.

가만히 있어도 땀이 쏟아지는 폭염인 탓에 울창한 숲속이라도 시원한 바람을 찾을 수 없었다. 중간쯤 돌 수조에 고인 물로 뱃속을 식히고 손수건을 적셔 얼굴과 목덜미를 닦았다. 그마저 잠시뿐이었다. 육신에 속죄의 고통까지 더 할까 싶어 계단을 계속 오르지만 눈앞에 이어진 돌계단을 보니 오르기를 포기하고 싶어졌다. 그럴수록 몸뚱어리 하나를 받쳐주지 못해 벌벌 떠는 다리를 다독인다. 산길은 자유로 향하는 길이다. 내면이 무엇임을 알려주는 고행이다.

백석은 시 한 편으로 자신을 들여다보며 심적 통증을 씻으려 했다. 나는 더위로 지친 몸을 한 잔의 석수로 식히고, 천 팔 계단의 걸음으로 고통을 맛보며 흰 돌을 더 이상 탐내지 않게 되었다. 「남신의주유동박시봉방」의 마지막 행은 "그 드물다는 굳고 정한 갈매나무라는 나무를 생각하는 것이었다."이다. 갈매나무라는 마무리가 얼마나 힘찬가. 어깨에 짊어진 미련한 삶의 자락 한가운데 갈매나무를 심은 듯하다. 한순간에 검은 수피나무를 내려놓았다는 결단으로 들린다.

나뭇잎으로 가려진 하늘이 드러난다. 맞은편을 바라보니 고갯마루 능선이 겹겹이 펼쳐진다. "옳은 것도 놓아버리고, 그른 것도 놓아버려라. 긴 것도 놓아버리고, 짧은 것도 놓아버려라. 하얀 것도 놓아버리고, 검은 것도 놓아버려라." 원효 스님의 말씀이 시원한 한 줄 바람으로 스친다. 몸이 안락하면 욕망을 더 채울 궁리만 하는 게 인간이다. 욕망을 산꼭대기에서 굴리면 쪼개지고 부서지고 깨어질 텐데. 그리하여 영험한 흰 돌까지 내 것으로 만들려는 마지막 욕망도, 몸의 고행 앞에서 사라질 것인데. 모든 물욕은 몸뚱어리 하나에 기생하는 것. 육신에 대한 마지막 한 조각 집착조차 놓는다면 흰 돌이 될까.

세월만큼 옷장에는 옷이 빼곡하고, 신발장에는 신발이 가득하다. 책꽂이에는 책이 넘쳐난다. 마당에도 화분이 그득하다. 집 주위는 사방이 돌 천지인데 흰 돌 하나 가져다가 집 안에 두려 했던 빗나간 미감(美感)에 낯 붉어진다. 나도 고통스러운 영혼을 고귀하게 어루만져 티끌 같은 욕망조차 글 속에 녹여낸다면, 쉼표 하나 문장 속에 제때 놓을 수 있다면 얼마나 좋을까.

인생의 짐이 될 뻔한 흰 돌은 횡재수가 아니었다. 계획에도 없이 청도 사리암(邪離庵)으로 이끌렸던 그날의 복점(卜占)이었다. '바르지 못할 사(邪)' 자와 '떠날 리(離)' 자를 쓰는 암자를 오르며 콩죽 같은 땀을 호되게 흘린 날, 간사한 마음과 이별하라는 계시가 아니고 무엇이겠는가.

건넛산 위에 조용히 얹힌 구름 테두리에 붉은 노을이 도드랍다.

저녁 예불 올리는 비구니스님의 낭랑한 소리가 삼라만상을 검게 덮은 어둠 빛을 부른다. 남신의주 유동에 있는 박시봉의 집에서 지었다는 시 한 편으로 내 마음의 초석을 삼는다. 동청도 사리암자에서 얻은 생의 쉼표 하나가 내 등짐을 내려놓게 할 줄이야.

올라갈 때 보물 같던 흰 돌의 자리를 내려올 때 찾지 못했다. 잊었는지 잃었는지 모르지만, 그 돌은 지나가는 나를 지켜보며 염화시중의 미소를 지었으리라.

백석(白石), 동청도(東淸道) 사리암(邪離庵) 방하착(放下着)이로구나.

문화 실조증

어느덧 빈 둥지 증후군의 위기를 맞이할 나이가 되었다. 아이들이 품을 떠나가고 빈방에는 크레파스 조각만이 널브러져 있다. 햇살에 떠돌던 먼지조차 고요 속으로 가라앉았다. 아이들도 먼지도 햇살도 모두 지난 시절을 불러일으킨다.

오래전부터 집 안에 남겨진 둘만의 나날이 시작되었다. 남편과 이런저런 궁리 끝에 영화를 보러 갔다. 새로 생긴 복합영화관은 미로 같았다. 아이들과 함께 갔을 때는 낯선 건물 안에서도 길 찾기는 그리 쉽기만 했는데 이젠 "길 잃어버리겠다"는 말이 빈말이 아니게 되었다.

상영까지 여유가 있어 커피를 마시러 갔다. 남편은 자리에 앉으면 "뭘 드시겠어요? 손님!" 하고 당연히 점원이 찾아올 줄 알았나 보다. 분위기가 그게 아니란 걸 알아차린 그는 용수철처럼 일어났다.

그래도 남편이라고 숱한 커피 종류에 진땀을 빼면서, 쇼케이스 진열장 문을 열고 초콜릿이 듬뿍 묻은 도넛을 손으로 집었다. 집게는 안 보이고 쟁반만 보였나 보다. 남편은 복합문화시설 안 풍경이 어색한 게 틀림없다. 민망해하는 남편이 머쓱하게 웃자 내 입가에도 웃음의 잔주름이 피어났다.

대체로 남편은 산업 현장에서 밤낮없이 일하고, 아내는 소비 현장에서 끊임없이 소비하며 산다. 어쩌면 이런 풍경은 당연한 결과일지도 모른다. 다방은 알아도 카페는 낯설 게다. 골목마다 예쁜 카페가 문을 열어 여유로운 여성들은 브런치를 먹거나 책을 읽으며 여가를 보낸다는 사실을 잘 알지 못한다. 남편 같은 남자들은 파리의 노천 카페를 옮겨온 듯한 좌석이 좌불안석이다. 밥값에 버금가는 커피 값에 질겁하지 않았으면 좋겠다.

부창부수이긴 했다. 대학 1학년 때 〈지옥의 묵시록〉을 보러 상영관을 찾아갔다. 모노 음향을 서라운드 돌비 시스템으로 교체한 현대식 극장이었다. 총알이 귀를 따갑게 스치고, 헬리콥터는 프로펠러 소리를 '타! 타! 타! 타!' 내며 바로 옆을 지나갔다. 순간, 영화관 뒷문으로 헬기가 날아가기라도 한 듯 뒤를 돌아보고야 말았다. 다행스럽게 불 꺼진 실내가 내 촌스러운 동작을 덮어주었다.

디지털 문명의 발달과 소비문화의 속도는 종종 멀미가 날 정도로 빠르다. 늘 뒤꽁무니를 잡고 간신히 따라가지만, 신문물은 언제나 저만치 앞서버린다. 젊었을 땐 좋아하는 음악이 라디오에서 흘러나오면 카세트테이프에 녹음해서 듣기도 했다. 요즘 젊은이들이 만지는 각종 기기 조작은 손대기가 두렵다. 중년 세대에겐 경이로우면서 경악스럽다. 세련되지 못하고, 유행에 뒤쳐진 현실을 받아들여야 할 뿐이다. 새로운 젊은 트렌드가 인기를 얻는 시대가 그들에게 묵시록일까.

한창 아이들을 키울 때는, 엄마 노릇을 한다고 아이들과 뮤지컬이니 전시회를 찾아다니기 바빴다. 내 딴에는 학교 공부만큼 다양한 문화와 예술을 풍요롭게 체험시키고 싶었다. 늘 집에서 쉬겠다며 뒷걸음질 치던 내 낭군이 딱 한 번 먼저 뮤지컬 〈오페라의 유령〉을 보러 가겠다고 했다. 꼬맹이들과 나는 상기된 기분을 감추지 못했다.

공연 시작한 지 얼마 되지 않아 바깥양반은 설핏 잠이 들었다. 음악 소리가 그렇게 큰데도 코를 한 번 골더니 제풀에 놀라 자리를 고쳐 앉기도 했다. 주인공 팬텀이 크리스틴과 지하 세계로 작은 배를 타고 가면서 〈The Phantom of The Opera〉를 불렀다. 악기에서 쏟아져 나오는 선율은 천지사방으로 흩어졌다가 벽을 튕기며 공간을 전율케 했다. 발바닥으로 전해져 오는 진동이 심장으로 전달되어 온몸이 녹아내릴 것만 같았다.

그에게는 장엄한 오케스트라가 자장가에 불과했던 모양이다. 피곤한 몸으로 왔으니 졸음을 참기가 어려웠나 보다. 나는 살며시 팔꿈치를 밀어 깨워보았다. 이내 그는 다시 곯아떨어졌다. 자다 깨다 되풀이했으니 세계 4대 뮤지컬이라는 이야기와 음악을 제대로 감상했을 리가 만무하다. 아주 조용히 잠을 잤으니 에티켓 없는 행동은 아니라고 생각하기로 했다. 그 뒤로 남편의 문화 체험은 쇠락의 길로 들어섰다. 서운했지만 대다수 남자의 삶이 이러려니 떠올리니 가슴이 아렸다.

산업화 시대를 배경으로 한 영화 〈국제시장〉이 관객몰이 한 적이 있다. 남편은 처자식 먹여살리려고 죽도록 일한 주인공에게 눈물겹도록 공감했다. 그때의 남자들은 나라의 경제성장이 가족과 자신을 위한 것으로 믿고 목숨 걸 기세로 일에 매달렸다. 뼈를 깎는 노동을 마친 후 유일한 낙은 선술집에서 소주와 삼겹살을 먹고, 동료들과 노래방에서 소회를 푸는 것이었다. 막걸리와 맥주로 위로받았던 그에게 커피 카페와 공연장은 당연히 낯선 지대였을 것이다.

남편에게 진단을 내렸다. '현대 문화 실조증!' 골목 시장통에서 술과 안주로 인생 8할을 채운 몸이니 새로운 소비문화와 대중문화 경험은 실조 상태일밖에 없다. 하지만 옛날이나 지금이나 생존은 문화를 초월한다. 바위에 암각화를 새기고, 토기에 빗살무늬를 그려 넣었던 원시시대에도 살아남는 일만이 유일한 삶의 조건이었다.

그렇게 우린 늙어간다.

꼬박

물레 위 흙덩이에 온 마음이 놓였다. 미끄덩거리고 부드러운 촉감에 흙덩이를 불끈 잡는다. 손가락 사이에서 미어터지듯 삐져나와 버리는 것이 아쉬워 남은 것을 그러모아 다시 주먹을 쥐어본다. 시원하고 차진 흙의 감촉이 손끝으로 전해져 온다.

그릇을 만들기 위해 질흙을 잘 반죽해 떼어놓은 덩어리를 '꼬박'이라고 부른다. 두드리고 비비고 매만지며 썰질할 땐 무엇을 만들지 기분이 들뜬다. 조형토를 주물러 도톰한 사발이든 너른 접시든 얼추 형체가 드러날 땐 설렘도 커진다. 옆자리의 도공은 빠르게 돌아가는 물레의 속도를 잊은 듯 혼신의 기를 모아 자유자재로 형태를 넓혀간다.

꼬박은 무한한 가능성의 상징이다. 어릴 때, 무엇이든 할 수 있을 것 같은 꿈을 꾸었던 건 성정이 말랑했기 때문이다. 화가도, 성악가도, 자선사업가도 되고 싶었다. 고등학교 시절에는 부잣집 맏며느리를 꿈꾸었지만 현실은 그냥 맏며느리가 되었다. 원하는 대로 이룰 수는 없어도 와글거리는 불씨를 품은 삶은 설레고 호기심이 샘솟는다.

나이가 들면서 순환되지 않는 몸의 구석은 돌이 되어간다. 시간이 흐르면서 자연스레 마음도 굳어간다. 마침내 도자기처럼 완전한 정물이 되어 삶을 마감하는 것이 우리들 생의 수순과도 같다. 어깨가 석회화되어 수술을 받은 형부도, 침샘에 돌이 생겨 치료를 받은 동생도 끝내 굳어가는 것을 막아내진 못했다.

완성된 도자기끼리는 거리를 유지해야 한다. 품어주고 담아낼 수는 있어도 스며들 수 없기 때문에 생동감이 없다. 유약을 바르고 천 도가 넘는 불 속에서 한 방울 마른 물기조차 털어내고서야 굳어진 때문일까. 자기만을 고집하는 도자기는 스스로 깨져버릴지언정 작은 탄력도 용납하지 않는다. 혹여 부서지더라도 이징가미나 사금파리무덤에서 흙으로는 다시 돌아가지 못한다. 타인에게는 아집이라 폄훼하고 스스로는 신념이라 포장하면서 자기 안에 갇힌 삶을 살 수밖에 없는 것이다.

인도의 짜이 잔(蓋)은 한 번만 굽는다. 따뜻하고 부드러운 짜이는 언 몸을 나른하게 풀어주지만, 마시고 난 뒤엔 미련 없이 찻잔을 땅바닥에 던져버린다. 잔은 깨지고 부서지며 다시 흙으로 되돌아가 꼬박이 될 준비를 한다. 티베트 승려들은 색을 입힌 모래알로 공들여 만든 만다라를 완성하는 순간 일말의 망설임도 없이 지워버린다. 현상에 집착하거나 형상에 고정되지 않겠다는 것이리라. 짜이잔과 모래 만다라는 영원을 꿈꾸는 인간에게 삶은 찰나에 지나지 않는다는 것을 가르쳐준다.

뇌 과학자들은 책을 읽지 않으면 학습기억의 자리에 신념이 들어찬다고 한다. 그것을 '신념기억'이라 부른다. 부끄럽게도 그토록 정치나 종교 같은 이야기로 핏대를 세운 까닭이 있었구나 싶다. 검증되지도 않은 일에 목소리만 커졌던 나를 돌아본다. 뇌는 습관이라는 틀을 벗어나기 어렵게 설계되어 생각, 고정관념을 바꾸는 것은 너무나 힘들다. 하지만 뇌는 새로운 목표를 향해 도전하도록 디자인 되었다고도 한다. 아직은 꼬박이 될 기회가 열려 있다는 게 얼마나 다행스러운 일인가.

흙은 모든 것의 바탕이지만 누구나에게 밟히기만 한다. 오히려 다져질수록 모두를 떠받쳐준다. 그런 흙이 '상선약수(上善若水)'인 물과 뒤섞였으니 꼬박은 태생부터 성인군자인 셈이다. 누군가가 주무르는 대로 규정되지 않는, 미래로의 격렬한 약동이 언제나 그의 내면을 흐른다. 꼬박을 만지는 도공은 흙의 성질에 맞게 무엇을 만들까 고민한다. 흙이었다가 꼬박 덩이가 되었다가 어떤 무궁한 모양으로 변하며 가능의 희망을 보여준다. 그가 자신을 고집한다면 침대 틀을 맞추어놓은 프루크루테스와 다를 바 없지 않은가.

세상의 어머니는 흙을 빚는 도공과 닮았다. 아기는 아장아장 걸음마도 하기 전에 밖을 향해 나아가는 본성을 타고났다. 나는 아이들을 산과 들판으로 이끌었으며, 알게 모르게 농업학교로 진학시키기 위해 포석을 깔았다. 어린 꼬박들은 가끔씩 저항하면서도 깔아둔 길을 향해 한 발짝씩 걸어왔다. 엄마가 씌워준 차안대에 가려 오히려 자신의 무한한 가능성을 못 박은 게 아닌지 걱정도 됐다. 하지만 남과 다투어 이겨야만 자신을 빛내는 경쟁보다는 땅에서 흙과 더불어 일하는 공부가 믿음직스러워 보였다. 가끔 다른 사람과 같은 길을 가도록 했다면 지금쯤 아이들의 삶이 어떻게 달라졌을지 그려본다. 돌아가고 엎어지고 주저앉지만, 그렇게 살아가는 게 우리들의 운명이고 인생이니 하루를 살아갈 뿐이다.

꼬박은 꼬집고 두드려 맞는 것을 겁내지 않는다. 방짜유기도 망치로 단련하여 놋그릇이 되고, 달궈진 쇠도 수많은 담금질을 통해 보습으로 탄생한다. 국어사전에는 어떤 상태를 고스란히 그대로 지속하는 모양을 일컬을 때 꼬박이라고 쓴다. 옛 도공 가운데 선지자가 있어, 무궁하게 변화하는 흙덩이를 꼬박이라 이름 지은 것은, 부지런히 치대고 주무르지 않으면 도자기처럼 굳어버리기 때문은 아닐까.

온종일, 물레 위에서 매만지고 다듬은 꼬박은 널찍한 사발로 태어났다. 호수 같은 그 안에 내가 이루지 못한 것, 이루고 싶은 꿈들을 다 담을 수 있을 것만 같다. 그러나 완성된 순간 꿈은 사라지고 마니까 사발도 원래 내가 소망했던 것이 아닐 수도 있다. 어쩌면 나의 꼬박은 꽃이나 벌레, 혹은 강물이나 바람, 구름이 되고 싶었는지도.

옛날 사람이란 소리를 들으면서도 자꾸만 아이들에게 훈수 두려는 노파심이 든다. 그건 또 다른 꼬박의 꿈을 방해하는 것인 줄 알면서도 본능인 양 꿈틀거린다. 세월을 밟아오니 옹고집같이 굳어진 나를 만난다. 그릇 속에 담긴 물은 제 모양대로 형태를 달리하지만, 정작 도자기로 굳어지면 더 이상 꿈을 꾸지 않는 그릇들이 많다. 그런 도자도 한때는 무한한 가능성을 품은 꼬박이었다는 사실을 기억이나 할까.

나는 가정에서는 엄마이자, 아내가 되고, 텃밭에서는 농부로 탈바꿈을 한다. 몇 개의 고정된 틀 속에 갇혀 지내왔지만, 넓은 세상에서 끊임없이 변태하는 삶에 대해 호기심도 끓어오른다. 이제라도 멈추지 않고, 더 이상 완고해지지 않으며, 고착되지 않기 위해 몸과 마음을 부드럽게 주물러야겠다.

다시 꼬박이 되려고 한다.

가시 없는 장미

익숙한 것이 다르게 보이기 시작할 때 색안경을 끼게 된다. 익숙하다는 건 자신의 취향이나 버릇에 맞추었다는 뜻이다. 가령, 중국말을 하는 관광객들이 배낭을 앞으로 메고 가는 것을 보면 발끈하는 마음이 든다. 나를 비롯한 주변 한국인들을 잠재적 소매치기로 여긴다는 뜻이 아닌가.

화를 누르지 못해 집으로 돌아와 상한 마음을 딸아이에게 말했다. "엄마는 외국 가서 가방 앞으로 멘 적 없어?"라며 옆구리를 콕 찌르는 말을 던진다. 달리 변명할 말이 없다.

"현지 가이드나 안내 책자에서 어느 외국이든 소매치기 천국이니 조심하라고 성화같이 해대니까 그렇지!"

나도 그랬으면서 우리나라를 찾은 관광객의 사소한 행동 하나를 이중 잣대로 보게 된다. 색안경을 벗었다가 썼다가 아전인수도 이

보다 더할까.

몇 해 전, 친구들과 외국 여행을 간다고 날을 받아놓았다. 수시로 준비물을 챙기고 현지를 공부하며 설레는 날들을 보냈다. 안내서마다 소매치기를 조심하라고 적혀 있다. 관광객에게 다가와 꽃을 주거나 팔찌를 걸어준 뒤, 대가를 달라고 하니 조심하라는 말도 군데군데 끼어 있다. 떠나기 전날 친구가 사서 나눠준 지갑 속에 카드와 비상금을 넣어두었다.

낯선 여행지에 가면 누구나 자유로움과 색다른 풍경에 취해버린다. 여간 조심하지 않으면 지갑이나 손전화는 남의 것이나 다름없다. 주머니도 며칠 하고 다니다가 빼버렸다. 카드를 지갑에 넣고 나간 날, 마침 쓸 일이 생겼다. 예전에 우리 할머니는 치마를 훌렁 걷어 속 고쟁이에 넣어둔 쌈짓돈을 꺼냈다. 그러나 나는 윗옷을 들어 카드를 꺼낼 때 부끄럽기도, 불편하기도 했다. 막상 해보니 이렇게까지 상대방을 의심해야 하는지 회의가 들었다.

로마 스페인 계단에서 더위에 지친 몸을 쉬고 있었다. 방금 광장에서 거리의 패션쇼가 펼쳐지고 난 뒤라 사람들로 붐볐다. 그때 계단 아래에서 꽃을 파는 아랍계 남자가 올라오는 게 보였다. 보따리 장사를 하는 사람들은 불법 이민자들이나 난민 출신들이 많다. 눈을 마주치지 않으면 지나가겠거니 하며 딴전을 피웠다.

그는 내 앞에 앉아 있는 노부부에게 다가와 장미꽃 한 송이를 할머니 손에 쥐여주었다. '하이고, 이분이 당했구나' 하는 차에 할머

가시 없는 장미

니는 자리에서 굼뜨게 일어났다. 그녀는 방금 프러포즈를 받은 아가씨처럼 살짝 무릎을 굽히며 손을 입에 대고 웃는다. 옆에 있던 할아버지도 함박웃음으로 동전을 꺼내 꽃 파는 남자에게 주자, 재미들린 사람처럼 꽃장수는 다시 노란 장미 한 송이를 할머니한테 바친다. 할아버지는 동전 여러 개를 손바닥에 놓고 고르더니 큰 동전을 건넨다. 그러기를 여러 번, 꽃을 파는 남자는 아예 꽃다발을 통째로 할머니 품에 안겨버렸다. 할아버지는 두 팔을 허공으로 벌리더니 기쁜 얼굴로 지폐를 내밀었다.

영화 한 편이 만들어졌다. 나는 벌떡 일어나 손뼉을 쳤다. 주변에 있던 여러 나라에서 왔을 젊은이들이 휘파람을 불고 환호성을 지르며 다 함께 박수를 쳐주었다. 은색 머리에 어깨가 굽은 노부부는 결혼식장에서 막 행진을 마친 신혼부부처럼 뺨을 맞부딪치며 환호에 응답한다. 각본 없는 드라마에 비중 있는 행인 1로 출연한 감격을 어찌 말로 설명할 수 있을까.

한 떨기 장미를 수류탄처럼 여겼다. 그까짓 일 유로 정도 하는 꽃을 무시무시한 폭탄이라도 되는 양, 여행지마다 인상 쓰며 다녔던 내 모습이 떠오른다. 구경하고 즐기기도 바쁜데 힙색이며 지갑이며 손전화를 잔뜩 움켜쥐고 모든 신경의 촉을 세우고 다녔다. 장미꽃을 한 다발이나 산다고 하더라도 파산하는 것이 아닐진대, 한 송이쯤 기분 좋게 샀더라면 그 이국의 젊은이는 내 손등에 키스쯤 하지 않았을까. 아쉬운 후회만이 오래도록 나를 초라하게 만들었다.

점등인이 켜는 별

난민들은 지중해라는 죽음의 바다를 건넜거나, 해발 이천 미터의 알프스의 설빙과 사투를 한 사람들이다. 가족의 미래를 위해 목숨을 건 이들에게 그렇게까지 야박하게 굴 일은 아니었다. 그들이 내가 겪을 고통을 대신하고 있다는 생각을 지우기가 쉽지 않다. 일 유로면 커피 반 잔이지만 그들에겐 따뜻한 한 끼 빵이 되었을 텐데. 주머니에서 딸랑대는 동전에게조차 창피한 것 같았다. 불룩한 뱃살과 얼굴엔 늘어난 주름투성이인 노부부가 취한 행동은 장미보다 더 아름다웠다. 즐거운 여행을 하더라도 이국땅에서 정착의 꿈을 꾸는 이방인에게 조금이나마 관심을 가져보라는 가르침의 단막극을 연출한 배려가 고맙기만 하다. 사람이라는 장미는 살아온 나이만큼이나 지혜롭게 만개하는가 보다.

나에게 장미는 낭만으로 포장된 비싼 쓰레기다. 두어 달 전부터 내 생일 날짜를 확인하던 남편이 숙제 같은 꽃바구니를 들고 집으로 들어선다. 기쁜 것도 잠시, 작은 꽃다발을 살 것이지 웬 꽃바구니를 사 오냐며 타박한다. 바구니 속의 빨간 장미는 유난히 붉은 얼굴을 하고 있다. 장미에 뿌려진 금가루는 생뚱맞게 반짝인다. 장미다발은 생활에 찌든 나를 고귀하고 품위 있는 귀부인으로 만들어주지 못했다. 꽃이 주는 기쁨도 만끽하지 못하고 과잉 소비만 경계하느라 향기마저도 허공으로 흩뿌리고 말았다.

장미꽃 향기는 친절한 마음씨를 전파하는가 보다. 장미는 가시를 곧추세우고 상대를 경계하고 있는 듯해도 꽃송이에는 분명 가시

가시 없는 장미

가 없다. 스스로 아름다운 줄 아는 장미에게 가시를 느끼는 건 사람의 마음에 불신과 시기의 가시가 있기 때문이다. 꽃 파는 아랍계 남자가 할머니에게 쥐여준 장미는 변종인지 가시가 없었다. 사람의 마음도 형질 변이하면 활짝 열릴 수 있을까. 고통과 실수와 반성을 딛고 일어설 때 편견 없는 이해는 더 진실해진다. 아집과 고집을 움켜쥐려고만 했던 마음을 활짝 열게 해준 기억이었다.

〈로마의 휴일〉에 오드리 헵번이 아이스크림을 먹던 그 계단에 있었던 사람들은 가슴에 향기 나는 장미를 하나씩 달았다. 자비를 품은 장미는 시들지 않는다. 누군가는 탱탱한 기억의 장미꽃에 물을 줄 것이고, 어떤 이는 기억을 떠올리는 것만으로도 날마다 싱그러운 꽃을 피우리라.

이제 맨눈으로 세상의 속을 볼 때도 되었다.

점등인이 켜는 별

점등인이 켜는 별

어스름이 마당을 기웃거린다. 길 잃은 개인지 어린 고라니인지 모를 짐승이 살금살금 뜰을 건너온다. 길고양이 한 마리 담을 넘어 골목 저쪽으로 사라진다. 맞은편 산자락이 천천히 제 능선을 지우면서 어둠이 사위에 드리운다. 딸깍, 저녁의 처마에 낡은 등불을 켠다.

부엉이 울음소리, 쓰르라미 부비는 소리, 나뭇잎 스치는 소리가 들린다. 밤의 교향곡 선율을 따라 시냇물 소리도 넘실거린다. 어두워지면 활짝 터지는 도라지꽃 같은 별들이 이때를 기다렸다는 듯 하나둘 밤하늘을 수놓는다. 저 별빛 중에는 수억 년을 달려온 것들도 있겠다. 시간의 장구한 길이를 가늠하자니 먼빛이 더욱 아득해진다.

내 삶은 등 하나를 찾는 여정이었다. 고속버스터미널에서 내린 그와 나는 두 손을 꼭 잡았다. 세찬 바람이 살 속으로 파고들어도 우리는 반드시 서울에서 잘 살아내리라 다짐했다. 어렵사리 변두리 반지하방을 얻어 살림을 차렸다. 창문으로 지나다니는 사람들의 종아리가 기하학적인 그림처럼 보였다. 종일 햇볕 몇 조각만 들어 늘 빛이 고팠다. 아이들이 커나갈 미래를 위해서는 더한 역경도 이겨낸다는 마음 하나로 하루하루를 버티었다.

나는 도시의 불나방이 되었다. 빛을 향해 뛰어드는 나방들의 지향성과 다를 바가 없었다. 늦은 밤, 아스팔트를 달려 흔들리며 퇴근하는 신랑도 부나비였다. 도시의 밤거리는 질기게 그의 바짓가랑이를 붙잡았다. 어둠을 밀어내는 빛이 화려해 보여도 살기 위해 치열하게 불을 밝히는 도시의 점등인들이었다. 제 나름의 사연을 안은 술집도, 식당도, 카페도, 빵집도, 마트도 짙은 어둠을 간신히 밀어내며 각자의 불을 밝히려고 애썼다.

몇 년의 세월이 흘러갔다. 빚을 절반이나 떠안고 어렵사리 내 집을 마련할 수 있었다. 가구도 새로 들이고 근사한 조명도 달았다. 나의 영토에 몸을 눕힌다는 기쁨으로 한동안 잠을 설쳤다. 오로지 집 하나에 모든 걸 걸었다. '목로주점 흙바람 벽에 삼십 촉 백열등이 그네를 타던' 노래 같은 시린 낭만은 애초에 없었다. 막상 꿈을 이루고 보니 어느 날 내가 원하던 그 등불이 맞는지 의문이 생겼다. 콘크리트 벽 속에서 불을 켜면 그 빛은 지독하게도 차갑게 다가왔다. 아무리 자신만을 비추어도 마음 저편은 여전히 어두웠다. 저마

점등인이 켜는 별

다의 소박한 전등 한두 개로 만족하는 삶이 그리워졌다.

산골살이를 염원하는 소망의 불 하나 밝히고 싶었다. 누가 들어주었는지 십수 년 만에 밥줄 따라 저절로 시골로 들었다. 손바닥만 한 저수지가 내려다보이는 언덕에 등을 달았다. 헬렌과 스콧 니어링 부부라도 된 것처럼 자연에 흠뻑 빠져들었다. 늦은 밤, 불을 끄면 달빛이 호수 위에 은은하게 잔불을 밝히고, 밤하늘에선 별빛들이 무더기로 쏟아진다. 개똥벌레 꽁무니에 매달린 반짝반짝 연둣빛은 탄성을 자아낸다. 시골에는 내가 그토록 그리던 빛이 지천에 있었다.

불빛이 어둠 한복판에 떠 있다. 우리 집은 산모퉁이를 돌아 마을 초입을 지나서 논밭 한가운데 자리를 잡았다. 벤저민 프랭클린은 밤길 가는 사람을 위해 등을 내걸었다고 한다. 나도 어두운 바다에 떠 있는 섬처럼, 그 섬의 등대처럼 집 안팎의 등을 밝힌다. 자연스럽게 마을의 안내자가 되었다. 산등성이를 넘어온 달빛을 받으며 활짝 벌어지는 달맞이꽃도, 칠흑 같은 밤 알싸한 겨울 하늘을 빼곡하게 수놓은 별빛도, 눈이 소복하게 덮이면 흰빛 어둠이 은은하게 마을을 드러낸다.

휘우듬한 산자락 따라 집들이 앉아 있다. 마당에 서서 마을을 훑어보면 음달마을엔 가로등만 차갑다. 큰담마을 황토집엔 사방으로 퍼지는 등이 외롭게 불을 밝힌다. 저 집은 누굴 기다리기에 산허리를 비추고 있을까. 마지막 버스가 끊기고 달빛을 전등 삼아 터벅터

점등인이 켜는 별

벅 걸어오는 영산 아재일까. 밤 산책을 즐겨하는 파란 대문 아지매와 달성댁일까. 멀리 아스라이 보이는 불 켜진 집 창문에 어리는 전등불이 마을의 안녕을 알려준다.

골짜기에서 평생을 살아온 이웃들은 낮고 흔들리는 불빛에 매달려왔다. 화려한 네온사인을 욕심낸 적이 없어도, 위태롭게 깜빡거리던 불빛마저 놓아야 할 때가 있었다. 두더지가 땅콩밭을 헤집어도, 고추에 탄저병이 돌아도, 비탈밭의 소출이 대낮 같은 희망을 주지 못할 때, 밤이 편안한 안식이 아닌 세월을 살아왔다. 건넛집은 폭염을 피해 한밤중 헤드랜턴 불빛에 기대어 고추를 딴다. 그들은 마음 한편에 고요한 불을 안고 평정심을 지피나 보다. 내가 터전을 다지는 동안 열댓 분 마을 어르신들이 차례로 삶의 등불을 껐다. 몇 분 남지 않은 마을 노인들의 생의 불빛이 가물거리고 있다.

길 따라 이어진 가로등이 점등식을 벌인다. 시간 맞춰 자동으로 켜지는 가로등 불이 추석 달같이 훤하다. 산골 가로등은 겸손하게 고개를 숙이고 빛을 산란한다. 일정한 간격을 두고 가로등 아래 존재들을 두드러지게 한다. 골목을 낀 돌담과 집 옆구리와 나무우듬지가 잠들지 못하는 조명 아래에서 침묵한다. 낡은 지붕 아래 어르신들도 초저녁잠에 빠진다. 밝은 빛이 작은 불빛을 밀어내고 당당하게 마을을 휘감아 돈다. 새벽이 지면 가로등은 약속이라도 한 듯 소등하고 조용히 물러난다.

자연이 내리는 빛은 한낮을 밝힌다. 춘삼월이 되면 개암나무 꽃

밤은 작은 바람에도 누릇한 꽃가루를 뿌린다. 봄꽃이 한바탕 흐드러지고 나면 송홧가루가 온 세상을 노랗게 덮는다. 별 같은 감꽃이 담장 위에 떨어질 때면 살구가 시리게 익어간다. 뜨거운 여름 지나 들판이 황금색으로 바뀌고 뒷산에 단풍이 든다. 사계절은 내 마음에도 꺼지지 않는 불을 지핀다. 아무도 힘을 보태지 않아도 그대로의 자연은 흘러간다.

맞은편 산자락의 불빛들이 감국처럼 피어난다. 코끝으로 잔잔한 향기가 스며든다. 처마 끝에 매달린 등이 마파람에 살짝 흔들린다. 희미한 그림자를 뒤로하고 집 근처 가로등 앞에 선다. 나는 오곡백과가 무르익는 여름 저녁이 깊어지면 마당 귀퉁이에 세워둔 호젓한 외등을 켜고, 휘황한 가로등 불의 스위치를 내린다. 어둠을 밀어낸 밝은 빛에 밤새 시달릴 농작물을 위해서다. 산골의 가로등조차 밭 가까이에선 드문드문 점등과 소등을 반복한다.

점등인의 저녁은 어둠을 준비하는 때. 오늘도 어김없이 밤이 찾아오고, 지친 하루를 마감하는 필부(匹婦)의 손은 자연의 시간에 맞추어 불을 켜고 끈다. 똑딱.

점등인이 켜는 별

2부

산골 변사의 시네마

비둘기의 무게

태양으로부터 생명을 얻었다. 해는 한 자리에 못 박혀 있어도 지구는 용케도 몸을 굴려 골고루 빛을 받게 한다. 누구나 고귀한 존재로 이 땅 위에 태어난다. 태양 빛만큼 공평한 것이 또 있을까.

맹렬하게 이글거리는 태양은 생명 있는 것을 위협하기도 한다. 복더위가 사람 잡게 생겼다. 텔레비전에서는 열사병으로 사람이 상했다는 소식을 심심찮게 내보내고 있다. 개는 혓바닥을 늘어뜨리고 헐떡댄다. 익어야 할 곡식이 혹시나 타버리지는 않을까 걱정이 될 정도다. 한낮에는 아예 사람 그림자를 구경하기가 어렵다.

아랫마을을 지나는데 길 위에 사람이 누워 있다. 열기는 지글대고, 아스팔트는 녹아내릴 것만 같다. 어린 매화나무가 만들어놓은 작은 그늘이 사내 옆으로 비켜나버린 지 한참이나 지나 보였다. 사십 도를 코앞에 둔 온도계의 눈금이 빨갛게 올라가고 있는데 땀을 바가지로 흘리며 눈을 감고 있는 사내는 죽었는지 살았는지 꿈쩍도 하지 않는다. 살아 있다면 탈수로 생명을 잃을 것이 분명하기에 그냥 두어서는 안 될 일이다.

나는 차에서 내려 사내를 불러보았다. 여러 번 부르니 희미하게 눈을 뜨고는 구급차를 불러달라고 한다. 겨우 일으켜서 시원한 물을 먹였다. 벌겋게 달아 있는 얼굴 위로 굵은 땀이 비 오듯 흐른다. 옆에는 반쯤 남은 막걸리 병이 하얗게 질린 채 나뒹굴고 있다. 구급차가 올 때까지 의식을 잃지 않도록 말을 계속 걸었다.

차를 세울 때는 이상한 사람 아닐까. 잘못하면 운수 사납게 황당한 일에 휘말리지는 않을까. 오만 가지 생각이 들었지만, 그가 예, 예라며 짧은 대답이라도 하는 것을 보니 사람을 살리는 것은 그만한 가치가 있다는 걸 느꼈다. 제발 아무 일이 생기지 않기를 빌었다. 회색 아스팔트 바닥이 검게 젖도록 땀을 흘린 사내는 서둘러 도착한 구급대원의 말에 뚝뚝 끊어지는 대답을 힘겹게 내뱉었다. 나는 구급대원에게서 고맙다는 인사를 받으며 그 자리를 떠났다.

며칠 뒤 마을 사람 댓 명이 있는 곳에서 그날 겪은 이야기를 했다. 객지에서 살다가 고향으로 들어와 배 농사를 짓는 영산 아재는 "그날 나도 지나가면서 그 사람 길바닥에 자빠져 자는 걸 봤다"고 했다. '자빠져 잔다'는 말에 깜짝 놀랐다. 지독하게 더운 날 사람이 길 위에 누워 있는데 어떻게 그냥 지나갈 수 있냐는 질문에, 아랫마을 사는 그 사람 행실이 별로라며 고개를 외로 꼰다. 행동이 곱지 않다고, 가진 것이 없다고 목숨값이 가볍지 않다는 것을 모르지는 않을 것이다. 뙤약볕에 나 몰라라 한 것이 어이가 없었다.

사내는 아랫마을로 들어와 남의 밭농사 도와주며 근근이 생활한다. 변변한 옷도 신발도 없이 비루한 행색으로 다니는 걸 보면 느긋한 자유인 같아 보였다. 그런 행색을 얕잡아 봐서인지 처음 왔을 땐 동네에서 텃세도 부린 듯했다. 아랫마을에서도 신뢰를 얻지 못한 걸 보면 술버릇으로 꼬장을 좀 부린 모양이었다.

새마을 지도자도 한술 보탠다. 언젠가 운전하고 가다가 길에 누워 있는 그 사내를 칠 뻔한 적이 있었다고 한다. 아무리 시골길이지만 길에서 자면 어떻게 하느냐며, 누구를 패가망신시키려고 자기 목숨을 그렇게 함부로 하는지 모르겠다고 핏대를 세운다. 순식간에 피해자와 가해자의 경계가 불분명해졌다. 선한 사마리아인의 법을 적용하면 영산 아재도, 새마을 지도자도 법의 심판을 받아야 한다. 그러나 현실에서는 그 사내가 오히려 가해자가 되어버렸다.

『육도집경』에 나오는 이야기가 떠오른다. 보시행을 닦고 있는 인도의 시비왕을 시험하기 위해 비수천은 비둘기로, 제석천은 매로 몸을 바꾼다. 매는 있는 힘껏 비둘기를 쫓고, 비둘기는 시비왕 겨드랑이 밑으로 숨어든다. 비둘기를 쫓던 매는 왕에게 "비둘기를 내놓으라"고 말한다. 왕은 "살기 위해 품으로 온 것을 어찌 내놓을 수 있으냐"며 맞선다. 매는 "그렇다면 내 먹이를 빼앗은 셈이니 대신할 수 있도록 왕의 살이라도 베어달라"고 한다. 보시 제일 시비왕은 매

비둘기의 무게

의 제안에 비둘기 크기만큼 살을 떼어 저울에 올린다. 저울은 비둘기 쪽으로 기운다. 계속해서 살을 떼어 올려도 소용없자 결국 왕이 저울에 오르고, 그제야 저울은 수평을 이룬다.

생명의 무게는 신분의 높낮이도 살집의 무게와도 아무 연관이 없다. 오직 생명이라는 잣대 하나만으로, 비둘기든 왕이든 무엇이든 간에 하나뿐인 목숨으로 평가한다. 나는 평소 휴머니즘을 신봉해왔는데, 지금 보니 인간의 존엄성을 위해 뭇 생명들이 희생당해왔다는 걸 느낀다. 게다가 소중한 생명을 얻어 태어난 인간조차도 그 생명 값을 다르게 대우받는 현실이 아득하기만 하다.

진리는 모든 것에 두루 미치는 태양과 같아 보인다. 누구의 생명이든 그 가치는 같기 때문일 게다. 여태껏 뭇짐승들이 길 위에서 당하는 죽음을 못 본 척한 게 가슴 아프다. 폭력적으로 달려오는 자동차를 피하지 못해 길 위에서 죽은 짐승들의 명복을 되뇌는 것으로 반성을 끝낸 내 양심의 실체를 보았다. 그러다가 시나브로 인간의 생명마저 경시할 마음이 든다면 큰일 날 노릇 아닌가. 내 생명을 존중받기 위해서는 그 어떤 미물이라도 함부로 할 수는 없다. 인간을 만물의 영장이라고 부르는 것은 사유하고 깨달아야 하기 때문이다. 인간이라고 으스대는 마음이 앞선다면 만물의 악당이나 다름없다. 영웅이 되지는 못하더라도 가슴에 비둘기 무게만큼의 측은지심을 안고 살았으면 한다.

가진 것이 없다는 이유로 생명의 무게가 가볍게 취급당하는 세

점등인이 켜는 별

상은 막다른 골목과 마찬가지다. 나도 그렇지. 마을 사람들 앞에서 대놓고 따지지도 못하고, 아무리 이야기해봤자 평생 굳어버린 생각을 바꿀 수는 없을 것 같아 입을 다물어버렸다. 침묵은 그들의 잘못을 편들어준 용기 없는 행동이었다. 지금 생각하니 추회막급이다.

마을 사람들이 왜 그렇게 그 사내의 위기 상황을 외면했는지는 며칠이 지나서야 알게 되었다. 사내는 일을 하다가 고되거나, 술이라도 한잔 걸치면 집까지 걸어 올라가는 것이 힘들 땐 잠시 쉴 겸 길에서 오수를 즐겼다. 그때 나 같은 사람이 지나가면서 신고를 한 덕분에 구급차로 편하게 집에 간 일이 있었다고 한다. 그러고 나서는 염치없게도 도움을 거절하지 않았나 보다. 속사정이야 어떻든 몇 번이나 구급차를 이용하는 양치기 소년이 되고 말았다. 결국, 옳다고 믿었던 것과 그르다고 나무랐던 것도 저울 없이는 그 진실을 알 수 없다. 모호한 궁지에 내몰려버렸다.

혹시 그 사내는 아무도 보지 않는 곳에서 희미한 미소를 짓고 있지 않을까. 영화 〈유주얼 서스펙트〉의 주인공처럼 절뚝거리며 힘들게 떼던 발걸음을 점점 날렵하고 가볍게 걸으며, 세상과 자신을 속이며 파렴치한으로 사는 것은 아닐까. 태양이 눈부시다고 살인을 저지른 뫼르소처럼 사내도 도덕심을 버린 영원한 '이방인'으로 살아야 하는 걸까.

여전히 동쪽 하늘에는 태양이 떠오른다. 높거나 낮거나 음지거

비둘기의 무게

나 양지거나 태양 빛은 골고루 비춘다. 태양은 눈과 귀가 없어도 모
든 사람을 똑같은 비둘기 무게로 재고 있는 것이다.

점등인이 켜는 별

산골 변사의 시네마

수묵으로 그린 듯 고요하다. 산으로 둘러싸인 마을은 들여다볼수록 이상향을 그린 한 폭 그림이 된다. 흰 연기가 굴뚝에서 피어오르고, 모나지 않은 사람들이 산비탈 밭을 어슬렁거린다. 깊지도 않은 개천 따라 구부러진 길, 곧게 뻗은 나무숲이 견고하게 마을을 지킨다. 사시사철 산골은 무성영화처럼 조용히 돌아간다.

얼마나 편안하면 이름조차 '안심마을'일까. 뒷산이 동그마니 둘러싼 열댓 호 마을은 늘 졸음에 잠겨 있다. 바람조차 차분히 머무는 동리는 노인의 걸음 같은 적막에 묻혀 사계절을 보낸다. 털털거리며 지나가는 경운기와 밭을 가는 관리기만이 생존본능을 일깨운다. 그럴 때면 골목도 화들짝 깨어난다.

빨간 스피커를 단 트럭이 산모퉁이를 끼고 올라오면 아침나절이다. 어미 닭들이 홰를 치고, 집집마다 개들이 요란스럽게 짖어댄다.

도시풍의 감미로운 톤의 아나운서가 밭두렁 태우는 일을 삼가야 한다고 멘트하며 불조심 캠페인을 펼친다.

해가 머리꼭지에 뜬 한낮이 되면, 양쪽에 검은 봉다리를 가득 매단 트럭 한 대가 마을 오르막을 올라온다. 그의 정체는 이동 마트다. "콩나물, 두부, 어묵…… 고등어, 갈치, 꽁치 팔아요." 행상 아저씨는 군데군데 세파에 얼룩진 파란색 일 톤 트럭에 뽕짝 음악을 틀어놓고, 마을회관 앞에서 한바탕 북새통을 펼친다. 사람 소리가 잦아들고 언제 그랬냐는 듯 트럭이 산모퉁이를 돌아가면 고샅길엔 한동안 햇살만 나른하다.

흑백영화 같은 마을에 생기를 불어넣는 건 트럭 장수들의 찰진 목소리다. 계절 감성을 돋우는 장사꾼들은 현대판 변사가 된다. 농사철이 바빠질수록 제철 어물 맛을 구경시켜주고, 장날 놓친 호미며 삽이며 플라스틱 바가지도 가져다준다. 예전에는 엿장수와 방물장수가 고갯길을 넘나들었지만, 이들은 아스팔트 길을 달려와 외지 소식을 전해준다. 마을 할매들도 만물상 트럭 곁에 달라붙어 깔깔깔 웃음소리로 마을을 들었다 놓았다 한다.

파리, 모기가 극성을 부리면 이동 설비 공장 변사들이 등장한다. "촘촘한 방충망 달아요, 현관에 자동 방충망, 안전 방충망 설치합니다." 한껏 길게 말꼬리를 늘인 그들이 산골에 들어오면, 스패너를 든 찰리 채플린이 뒤뚱거리는 희극 무성영화가 상영되는 순간이다. 마이크 소리가 잠잠하다 싶으면 어느 집에선가 날 선 그라인더 소리가 맞은편 산을 뒤흔든다.

삼복염천 정오를 넘어서면 "개 팔아요, 개." 하는 소리가 산골의 평온을 깨운다. 예쁜 강아지를 팔러 다니는 줄 알았더니 트럭 짐칸엔 철망 우리가 겁나게 실려 있다. 유일하게 마을 주민의 시점에서 '팔아요'라는 개장수의 상술은, 보신탕을 혐오하는 사람의 눈을 피하기 위해 은근슬쩍 주체와 객체를 바꿔버린다. "닭이 왔습니다, 굵은 닭. 생닭 사러 오세요, 닭 잡아 드립니다." 여름 한낮 닭장수의 방송이 멎으면 악을 쓰는 닭 울음이 요란하다.

"사러 오이소. 굵은 소금, 가는 소금, 짭짤한 소금, 고운 소금 사러 오이소." 텃밭에 김장배추 심을 때쯤 희한하게 맞춰 오는 소금 장수 목소리는 가을 달처럼 호소력이 짙다. "고장 난 컴퓨터나 냉장고, 각종 전자제품 삽니다."는 도시 고물상의 단골 멘트다. "항아리, 놋그릇, 녹슬어 못 쓰는 거, 오래된 물건 삽니다."는 시골 고물상 배역이 등장할 때이다. 가을이면 예전 촌 학교 운동장에 사극 무성영화가 주로 상영되었다더니, 사람살이 도구가 바뀌면 읊어대는 노래 소절도 달라지는가 보다. 고물 장수 스피커 소리가 뜸해지면 분명 가을이 저문다는 뜻이다. 스크린의 침묵을 깨고 다짜고짜 사러 오라는 고물 장수, 생선 장수, 개장수와 이동 마트 장수의 말은 나를 어린 시절로 이끈다.

그때 우리 동네엔 세상살이의 변사들이 살았다. 누가 듣거나 말거나 상처받고 무시당한 설움을 쏟아낸 아낙들이었다. 건너 산비탈

　　　　　　　　　산골 변사의 시네마

에서 터져 나오는 눈물 묻은 쇳소리는, 술주정뱅이 아들이 집안 물건을 내동댕이치며 월촌 할매 가슴에 대못을 박는 소리였다. 막다른 집에서는 남편의 주먹다짐에 시름시름 앓다 죽은 여인의 상엿소리가 들렸다. 느티나무 아래 들마루에 앉은 할매들의 한탄 소리, 동네 공동 빨래터에 모인 여인들의 신세타령에 함께 울고 웃었다. 파란만장한 이야기를 개울물에 띄워 보내는 그들은 인생 연출가였고, 배우였으며, 구구절절 해설하는 변사들이었다. 그때나 지금이나 사람살이 희로애락은 변함이 없는 것 같다.

한동안 동네는 쥐 죽은 듯 괴괴하다. 겸재의 진경산수화에서나 들릴 법한 풀벌레와 매미가 계절에 맞게 배 째라는 듯 배경을 채운다. 나무를 쪼아대는 딱따구리의 공명음이 '딱뻐드드득' 울린다. 풀베는 예초기 소리에 놀란 새들은 추임새 한 번 넣고는 쏜살같이 달아난다. 고요한 들판에 총자연색 오케스트라 연주가 펼쳐질 때면 신파조로 〈검사와 여선생〉을 읊어대는 변사가 제격이건만.

어느덧 찬바람이 불어오는 계절로 접어든다. 그럴 때면 여름 장사꾼들이 뜸해지면서 생선 장수가 번질나게 드나든다. "얼어 죽은 동태 팝니다." 어물 장수가 다녀가면 집집마다 얼큰하고 시원한 동탯국이 배 속을 데운다. 겨울철 산골 마을 굴뚝에서 올라오는 연기조차 포실하도록 따스하다.

초겨울 해거름이 되면 이 밭 저 밭에서 마른 풀 태우는 연기가 자욱해진다. 어둑어둑한 땅거미 속에서 빨간 불꽃이 인다. 불씨가 바람에 날리면 어쩌나, 이장의 황급한 마이크 소리가 시끄러운 사이렌 소리 뒤를 따라 나온다. 들불이 차츰 사그라지면 한 철 한 해 변사도 긴 휴식에 들 때가 된다.

면 소재지나 읍내에 가려면 하루 서너 번 오는 버스를 타야 한다. 흔해빠진 마트도 없고 배달 음식도 오지 않는 산골 살림을 거드는 장사치들의 나팔 방송이, 운신이 어려운 노인들이 점점 많아지는 동네 끝까지 찾아온다. 급한 일 있으면 며칠 쉬기도 하지만 이내 무성영화 같은 인생을 되살려준다. 산골 사람들을 영화 속 주인공으로 만들어주는 이동 만물상 트럭 사장님들은 오늘날의 무성영화 변사들이다.

요즘은 구수한 이야기를 끼워 팔던 그들의 출연이 뜨문뜨문해진 것 같다. 대신 왁자한 스피커 소리를 밀어내는 택배 트럭이 조용히 드나든 지 오래되었다. 현관 앞에 택배 상자가 덩그러니 놓일수록 마을회관 앞에 모여들었던 관객들이 하나둘 사라져간다. 차르르르, 차르르르 세월이라는 영사 필름은 여전히 돌아가건만 산골 변사의 방문은 해마다 뜸해진다.

무성영화의 배경인 안심마을엔 계절 따라 싸락눈이 싸그락대고 분홍노루귀 꽃이 피어나고, 갈매 숲이 짙어지고, 고운 단풍이 물든다.

산골 변사의 시네마

안심골 나부

뒷집은 농막을 걷어내고 번듯한 집을 새로 올렸다. 집주인 구 씨 내외는 뜰을 정원답게 가꾸느라 아침부터 법석을 떤다. 지형을 이용해서 높은 곳엔 연못을 파고, 고인 물이 돌층계를 흘러내리는 작은 폭포도 만들었다. 마지막으로 마을 회관에서 빤히 보이는 마당 귀서리엔 큰딸의 대학 시절 습작인 조소 작품 두 점이 자리 잡았다.

예술은 늘 가까이 있다. 사냥과 채집 활동을 하던 원시시대에는 동굴 벽에 그림을 그렸다. 낙서처럼 보이는 스케치이지만 동물과 나무, 꽃, 풀 모양이 만여 년이 지난 지금도 선연하다. 노동 후의 여가를 기품 있게 보내고 싶은 원초적 욕망을 표현한 것이다. 인간에게 잉여의 시간은 마음 안에 깃든 정서가 터져 나오는 핍진한 때. 갖가지 자연과 삼라만상을 영원히 기억하기 위한 일이 예술의 시작인지도 모르겠다.

점등인이 켜는 별

마을 고샅길에서 바라본 다랑논만큼 아름다운 풍경이 드물다. 농부들은 고달픈 몸의 노동 속에서도 미적인 감각을 놓치지 않는다. 미끈하게 갈아놓은 이랑도, 줄 맞춰 자라는 작물의 고랑도 한 폭 풍경화다. 좁고 낮은 촌집 마당엔 온갖 꽃들이 시간을 이어가며 피어난다. 대문 앞 고무 대야에는 꽃을 피운 수국이나 명자나무가 화사하게 꽃등을 밝히고, 호박 넝쿨과 능소화가 실골목의 돌담을 꾸민다. 고생스러운 농사일을 하면서도 짬을 내어 예술 감각을 발휘한다. 더불어 마음 안 DNA 속에 심미안까지 녹여낸다.

조소 두 점은 청동을 재료로 만든 조각상이다. 하나는 손으로 얼굴을 괴고 엎드려 발을 올렸고, 옆에는 머리를 위로 쓸어 올리며 얼굴을 살짝 돌린 모양이다. 애교스럽고, 교태를 부리는 듯한 두 나상이 세월을 맞아 푸릇하게 얼룩이 생겼지만 자세 하나만큼은 눈길을 끌기엔 충분하다. 회관 마당에서 훤히 내려다보이는 곳에 시골 정취하고는 다소 생뚱맞은 벌거숭이 여자가 둘이나 귀촌을 한 셈이다.

주문한 거름이 오는 날, 할배들이 허리춤까지 오는 회관 담벼락에 나란히 팔을 괴고 구 씨 댁 마당 구경을 한다. 지팡이와 유모차를 앞세운 할매들이 나타나자 불에 덴 듯이 나무 아래 벤치로 옮겨 앉는다. 비료가 몇 포씩인지는 뒷전이고 할매들의 입은 쉴 줄을 모른다. 파란 대문 아지매는 "얄궂어라" 하고 목단 할매는 "망측하다"고 난리다.

구 씨 댁 나부는 입소문을 타고 마을 이 집 저 집으로 소문 출장도 다닌다. 뉴욕에서 왕성하게 조각가로 활동하는 딸의 연습 작품에 촌로들은 비평을 보탠다. 산골 노천에서 열린 조각전은 관객들의 참여로 행위예술을 연출하고 있었다. 할머니들은 생전 처음으로 만져보는 조각품이 춥지는 않은지 벌거벗은 것이 부끄럽지는 않은지 감정이입을 제대로 하는 듯하다. 아마도 젊은 날의 자신들을 조각 안에서 비춰 보는 마음도 없지 않았을 터이다.

고향의 정취라면 어머니의 손맛을 떠올린다. 대가족의 끼니를 챙기는 여인들이 만드는 음식은 늘 감탄의 대상이다. 한창 크는 사춘기 때는 밥상머리에 앉아 음미할 겨를도 없이 두 볼 가득 미어터지도록 우물댄다. 세상을 눈이 아닌 느낌으로 알 만한 나이가 되면, 시원한 백김치의 국물 맛과 아삭거리는 배추의 식감에 탄복하게 된다. "예술이야!"라는 말이 저절로 튀어나온다. 끼니마다 밴 창조의 황홀한 스탕달 신드롬을 깨치는 일이다.

평생을 농사일하고 밥상을 차리던 할매들에게 나체상은 골짜기를 뒤흔든 경천동지할 일이 아닐 수 없다. 할매들은 야릇하게 당당해져서 나체 소조를 품평하고 나섰다. 부산댁 할매는 산골로 시집올 때 파마머리를 했다고 화냥년 소리까지 들었다고 한다. 그러니 발가벗고도 아름다운 나신에게 질투의 감정이 은근히 올라오기도 했겠지만, 찬란한 젊은 날이 삼삼하게 떠올랐을 것이다.

나부들은 창고에서 거미줄을 뒤집어쓰고 있을 땐 어둠과 적막뿐이었다. 잔디밭에 엎드린 여체와 머리카락을 쓸어 올리는 나신은 정원과 마을의 품격을 높였지만, 동네 할머니들의 얄망궂다는 원성에 귀가 따가울 지경이다. 잘 다듬은 정원의 프리마 돈나가 될 줄 상상했을까.

조각상들이 황금빛 보자기를 둘렀다. 할매들이 굽은 허리를 펼 때마다, 입을 대는 통에 구 씨 부부는 묘안을 떠올려야만 했다. 인물을 형상화한 매혹적인 여인상이 주려는 깊은 의미와는 다르게 사유와 도상(圖像)과 해석이 달라서 포스트모더니즘을 실현하게 되었다.

삼삼오오 모인 비평가들은 회관 앞 공터로 모인다. 처음에는 얄궂다더니 이제는 구 씨 댁 마당으로 들어와 "우리도 이 처자 같았다"며 가슴과 엉덩이를 주물러대며 "곱다"는 말을 연신 해댄다. 담 아래 몽환의 꽃 메밀이 하얗게 피어 청동과 어울리니 하늘에서 내려온 선녀가 이만할까.

예술은 제멋대로여야 좋다. 법이나 규범은 물론 촘촘하게 짠 상식의 틀도 넘어서야 한다. 고통과 인내가 동반되지만 스스로 생성해내야 한다. 변기를 오브제로 내놓은 마르셀 뒤샹은 일상에서 쓰이는 물건도 얼마든지 예술이 될 수 있다는 것을 알려주었다. 가우디가 알록달록한 조각 타일을 벽에 붙이고 긴 의자 구조물로 만든 것에 사람들은 열광한다. 가우디마저 타일 조각들을 쓰레기로 생각했더라면, 달작인 구엘 공원은 생겨나지 못했을 게다.

안심골 나부

며칠 전 산책길에 다시 이웃집을 들렀다. 청동 조각상은 보자기 가리개를 벗고 앞치마를 걸치고 멋을 부린다. 신비로운 여인의 나신치고는 요상한 행색이 아닐 수 없다. 구 씨 아저씨는 할머니들이 "아랫도리는 가렸는데 젖통이 다 드러나서 어쩌냐" 하는 소리를 듣고 또다시 해결책을 마련한 게다. 마을 할매들의 예술관은 전위주의보다는 자연주의와 낭만주의를 오가고 있는 것만은 확실하다. 미(美)는 끊임없이 해석해내고 새로이 바라보는 것. 삶과 예술을 함께 생각하는 할머니들이야말로 인정스러운 도덕적 해석을 즐기는 아티스트가 분명하다.

인류사를 돌아보면 각각의 시대에 부합하는 걸작품보다 더한 자랑거리는 없다. 예술가들은 처음부터 인간의 삶을 고뇌하며 그 원천을 파헤쳐 제작하고 창조해왔다. 부자들이 어마어마한 대가를 치르고 예술품을 소유하려는 것은 과시와 허영 사이에서 시대의 서사를 독점하려는 게 아닐까. 마을 할머니들은 경험하지 못한 예술 작품이 낯설었지만, 회관 가는 길에 자꾸 들러 여인의 나상을 만져보고 둘러보며 나름의 예술 세계를 체험하는 일이었을 테다.

뒤샹은 "그림을 그린 것은 삶의 방식을 창조하기 위해서였다. 내 인생 자체를 예술 작품으로 만들기 위해 노력한 것이 가장 만족스럽다"고 말했다.

인간은 날마다 아름다움을 꿈꾼다. 누구나 창조적인 자아를 꾸려간다. 신이 만든 노력 중에 최고의 산물이 사람이라 하듯 할머니들은 자신이 살아온 삶의 이미지를 구 씨 댁 누드 조각에서 만들어 간다.

그래서 도시 사람들도 '평화의 소녀상'에 두툼한 목도리를 감싸는가 보다.

아이고, 두야

가을볕이 여물어간다. 집집마다 마당에서 키질 소리가 싸그락 들려온다. 옛날에는 풍구를 돌려 쭉정이를 날려 보냈지만, 고물 장수가 찾아와서 조르는 통에 푼돈이라도 만질 요량으로 다 넘겨버린 지 오래다. 궁여지책으로 선풍기를 센바람으로 틀어놓고 타작한 콩을 바닥에 붓는다. 쭉정이는 날려가고 콩은 소쿠리로 떨어진다.

관리기 소리가 마른 들판을 타타타타 지나간다. 지난봄 훈풍이 불자 콩을 심기 위해 말갛게 밭을 다듬는다. 망종(芒種)이 지나면 콩을 심는다. 콩씨를 심자마자 새들과 한바탕 전쟁이 시작된다. 햇살을 피하려고 밭둑 따라 살 부러진 우산과 빛바랜 파라솔을 세우니 알록달록한 '우산꽃'이 피어난다. 동이 트기도 전에 밭으로 나와 엉덩이 들썩이며 후이후이 새를 쫓는 농심은 해가 솟을수록 바짝 타들어 간다. 새 쫓으려고 뱃속 깊이 몰아내는 숨비 소리가 앞산을 치고 뒷산까지 밀렸다가 다시 밭으로 돌아와서는 사그라진다.

벌써 한 달 가까이 동네 어르신들은 콩밭 우산 아래에서 하염없이 밭둑에 앉아 있다. 진경산수화의 낚싯대가 없을 뿐 뒷모습은 영락없는 강태공들이다. 물김치에 밥 한술 뜨는 봉수 아재, 투구닥 투구닥 양은 냄비 두드리는 웃골 아지매, 산골 마을 사람들은 얌전하게 볕을 받고 있다. 온갖 새들은 노인들이 만만한지 눈 흘기며 쉴 틈 없이 밭을 쫀다.

온종일 뜨거운 햇빛 아래에서 기다리다 보면 여기저기에서 딱딱한 콩을 쪼개고 떡잎이 푸른 얼굴을 내민다. 유월 모내기가 끝날 즈음이다. 여린 싹은 하늘 향해 두 팔 벌려 세상을 떠받치고, 흙 속에서는 부지런히 뿌리를 내린다. 떡잎은 하늘과 땅을 잇는 안테나구나. 어스름이 내리면 콩잎들은 낮과는 달리 세상 시름을 다 안은 듯 축 늘어진다. 간밤에 시들하니 처져 있다가도 해가 들면 다시 기운을 차리며 빳빳하게 일어나 해바라기한다. 달맞이꽃과 맞교대하며 아무도 눈여겨보지 않는 낮과 밤의 야누스가 된다.

콩알 한 알은 오천 년을 이어온 생존의 역사이다. 청동기 시대부터 백태를 심고 살았던 고대인들로부터 드넓은 만주벌판으로 영토를 뻗어가는 고구려 조상까지 콩을 식량으로 삼았다. 전쟁통엔 군량식이었으니 전국장(戰國醬)이라 하던 것이 지금의 청국장이 되었다. 밭고랑을 사이에 두고 줄지어 자라는 콩 줄기는 열 맞추어 사열하는 병사를 닮은 까닭이 바로 그 때문인 것 같다. 지금에 이르기까

아이고, 두야

지 백성들의 배를 불린 밥상의 터줏대감이 아닐 수 없다.

내가 산골로 들어오던 그해, 밀양 할매는 콩 싹을 지키기가 힘에 부쳐 농약 하얀 가루를 콩 떡잎에 뿌렸더랬다. 쪼그려 앉아 죽음의 가루를 뿌리면서까지 콩을 살리려 한 노인의 희망이 안쓰럽기 짝이 없었다. 무슨 일이든 뼈를 깎지 않는 일이 없겠지만 먹을거리를 키우는 일만큼 가슴 벅찬 일이 또 있을까. 그 콩 팔아 번 밀양 할매의 귀한 쌈짓돈은 병원 약값으로, 손자들 용돈으로 천금같이 썼을 것이다.

바람에 몸을 맡긴 허수아비는 밭 주인의 속 타는 심정을 모르는지 새들에게 속없이 팔을 내민다. 울타리마다 꽂힌 깜박이 경광등은 밤을 지키고 농부들은 낮이면 땀으로 젖은 옷을 말릴 사이도 없이 풀을 맨다. 칠월 말쯤이면 무릎만큼 자란 콩잎이 어깨동무하며 허리를 쫙 편다.

올해 가뭄은 유독 심했다. 농부가 내쉬는 긴 한숨은 푸석한 흙과 함께 콩밭에 날린다. 콩꼬투리에 빗물이 줄줄 흘러야 콩 풍년이 들 터인데……. 눈물이라도 보태고 싶은 심정이다. 모두 가뭄에 아등바등하건만 웃골 어른은 하느님 옆자리를 예약이라도 해놓은 듯 초연하기만 하다.

콩 이파리가 태양 빛을 닮아가면 콩잎장아찌로 만든다. 단지 누름돌 아래에서 콩잎이 삭혀질 동안 한 묶음씩 엮은 콩대가 아궁이 안에서 타닥타닥 타는 소리를 낸다. 남김없이 자연으로 돌아가는

점등인이 켜는 별

콩의 한살이와 콩 줄기 하나도 허투루 하지 않는 사람살이가 어찌 그리 닮았을까. 웃골 아지매의 기다림과 새들이 인간에게 헌신한 자애와 흙과 태양의 노고가 먹고 싶어 뜨끈한 흰 밥 위에 콩 단풍잎을 덮어 한 입 넣는다. 짭쪼름한 땀 맛이 입속에서 영글어간다.

지난 몇 해 동안 나도 제법 긴 두둑을 만들어 콩을 심었다. 이니스프리 호숫가에서 진흙 바른 오두막을 짓고 아홉 이랑을 맨 예이츠만큼은 아니지만, 두 이랑 콩밭 매는 아낙이 되었다. 한 알의 콩 알이 신기한 마술같이 세를 불려 나갔다. 꼬투리를 주렁주렁 달아 모양을 갖출수록 콩밥과 콩자반에 콩떡 먹을 기대는 풍선처럼 커졌다. 밭 가운데 비닐을 깔고 남편과 작대기 하나씩 들고 콩 타작을 했다. 토실한 알곡보다 쭉정이가 태반이어도 바깥으로 튀어 나간 콩알 하나도 놓치지 않고 주워 담았다. 이런 구두쇠가 없었다고 마을 어르신들이 놀려도 마음만은 천석지기 못지않았다.

앞밭에서도 도리깨 타작이 한창이다. '끼리릭' 하고 신음 소리를 내던 도리깨도 몇 번 허공을 가르면 금세 길이 든다. '쉐리릭' 바람을 가르는 소리가 난다. '탁' 내리치면 콩들은 놀란 듯 이리저리 튀고 마른 콩대는 바스라지듯 바르르 떤다.

가을 추수가 끝나면 촌부들은 콩 싹 지킬 때처럼 다시 앉은뱅이 신세가 된다. 작은 돌이나 쭉정이를 골라내야 장에 팔 자격이 생긴다. 웃골 아지매는 병원을 풀 방구리 쥐 드나들 듯하면서도 몇 가마니 콩을 다 골라낸다. '고마 때려 치아뿌고 싶다.'는 말을 하면서도

아이고, 두야

기어이 한 해 농사로 거둬들인 콩을 제값 받고 판다. 그것은 돈벌이를 위해서가 아니라 한 해 동안 흙 속에서 견디고, 새 떼의 부리를 피하고, 가뭄을 끝까지 이겨내고, 마침내 도리깨질 받아 노랗고 토실한 콩을 출산한 콩 떡잎들에게 갖추어야 할 예의다.

아이고, 두(豆)야! 고생 끝에 낙(樂)이란 말은 콩을 두고 한 말이겠다.

내가 농사지은 콩은 둥글지도 않고 크기도 들쭉날쭉한 쭉정이다. 쌀과 함께 씻을 때 물 위에 둥둥 떠다니더니 하수구로 흘러가버린다. 콩이 사라졌다. 콩 한 알은 땅의 사계절을 살다가 간다. 콩 뿌리로 땅의 지력을 회복하고, 콩알로 새들의 작은 배를 불리고, 죽도록 일한 농부를 먹이고, 사람들의 먹을거리가 되어 생명을 살린다. 콩의 긴 여정의 끝은 죽음이 아니라 '살림'이다.

콩은 구절양장 뱃속을 지나 땅으로 되돌아가는 거대한 윤회의 고리 속에서 살리고, 살려, 살아남았다.

콩, 한 알에는 우주가 담겨 있다. 누가 콩알 보고 작다고 하나.

점등인이 켜는 별

농월산방을 희롱하다

밤의 수면 위로 달빛이 내린다. 잠잠하던 비늘들이 무리 지어 살아난다. 고래에 쫓긴 청어 떼처럼 호수 위는 온통 은빛 잔물결이 춤을 춘다. 소리 없는 은파의 아우성은 그 무엇보다 화려하다.

보름달이 무거운 몸으로 산을 넘자마자 고요한 물위에서는 셀수 없는 달빛이 몸을 쪼개어 빛의 향연을 벌인다. 탁 트인 곳이라면 일찍이 떠오른 달과 만나는 일이 초저녁 어스름, 그때쯤이 된다. 그러나 내 집은 호수를 휘감아 들어서면 산속에 동그란 하늘을 이고 앉은 산골이다. 동쪽에 길게 장막을 드리운 산을 간신히 오른 달이 휘영청 우리 마을 호수 위를 비추려면 밤이 깊어야 한다. 한여름밤, 집집이 긴 잠에 들기 시작하면 어느새 달은 호수 위에서 윤슬로춤을 춘다. 반짝반짝, 때론 일렁거리며 황홀한 비늘들의 군무는 세상의 모든 소리를 잠재운다.

농월산방(弄月山房)이라는 집 이름이 생겨난 까닭이 바로 이런 연유에서다. 달을 희롱하는 곳이 여기만 한 데가 또 있을까. 호수 위에 노니는 달빛을 얼마나 자랑했던지 친구가 현판까지 서각을 새겨 보냈다. 그 바람에 자연스럽게 당호가 정해져버렸다. 집 마당에서 내려다보는 호수는 그렇게 달과 농밀하게 하나가 되었다.

당호가 집이 주는 분위기와 잘 어울린다는 말은 이해한다. 그러나 오래전부터 시골 가서 살면 내가 사는 집은 '애일당'이라고 지으려고 마음먹고 있었다. 농암 이현보 선생이 귀거래하여 지은 집 이름이기도 하다. 구십이 넘은 부모의 하루하루를 아끼듯 살아가는 의미로 지은 당호이다. 죽음 문턱까지 가보았던 날, 그 하루가 내게 얼마나 대단한 의미인지 느꼈던지라 그만한 이름이 없다고 믿었다.

어영부영하다가 당호가 새겨진 현판을 선물 받고 그 정성을 외면하기가 어려웠다. 상의 한마디 없이 일을 저지른 친구는 남의 속도 모르고 의기양양하기만 하다. 나는 분위기에 휩쓸려 당호가 무에 그리 중요하냐고 스스로 달래며 현판이 걸릴 자리를 정해주었다.

그러고도 한참 동안 마음속에서 시시비비가 일어났다. 농월은 운치가 있지만 산방은 그렇지 못했다. 산방이라고 하면 두건을 아무렇게나 쓴 꽁지머리 남자가 떠오른다. 덥수룩한 수염을 한 채로 세상을 뒤로하고 산에 들어와서 자연인으로 살아가는 이미지가 지워지지 않는다. 몇 년을 그런 마음으로 어쩌지도 못하고 살았다.

집 뒷산을 오르면 관기봉(觀機峰)이라는 큰 바위가 우뚝 솟아 위용이 대단하다. 두어 번 올라본 바위가 일연스님이 쓴 『삼국유사』에 나온다고 알려준 이는 함께 글공부하는 J 선생이다. 세월을 십수 년 앞서 맞은 나이이지만 나와 쿵짝이 잘 맞고 학식도 깊은 분이다. 우리 집에 놀러 왔다가 현판을 보더니 반색을 한다. 일연을 숭앙하는 J 선생은 『삼국유사』 제8권 포산이성(包山二聖)조에 포산의 두 성인을 찬한 시에 농월이라는 낱말을 기억해냈다. 相過踏月弄雲川(상과답월농운천), 二老風流幾百年(이로풍류기백년). 달빛을 밟고 구름과 자연에 서로 노닐던 두 노인의 풍류는 몇백 년인가!

비슬산의 옛 이름이 포산이다. 도성대사와 관기대사가 득도한 곳이 도성암과 관기암으로 전해진다. 관기봉 아래 관기암을 짓고 도를 닦던 관기대사는 도성대사와 신선이 되어, 구름을 밟고 서서 달빛 아래 장기라도 두었던가 보다. 공교롭게도 내가 사는 집이 포산 끝자락 관기봉 아래 동네에 자리 잡아 농월산방이 딱 어울리는 당호임에는 틀림없다.

J 선생이 남쪽에서 나타난 귀인이라도 된 것 같다. 그 시구에서 따온 '답운루(踏雲樓)'라는 이름을 선물로 주었다. 구름을 밟고 선 이층에 매우 어울리는 듯해서 감흥이 커졌다. 이 집에 머무르는 한 신선의 자리를 느낄 수 있는 것이 아닌가.

내가 몰라서 그렇지, 농월이라는 이름은 나쁜 뜻으로도 해석되었다. 『동국이상국집』을 쓴 이규보가 강화도의 일위대수(一葦帶水) 건너에 몽골군의 침략으로 민생이 도탄이 빠졌는데 권신들이 음풍농월만

농월산방을 희롱하다

한다고 욕을 한 적이 있었다. 시를 짓고 자연을 즐기는 한가한 삶도 때를 봐가면서 살아야 하는 게 당연하다. 상금의 내가 산골에 은둔하며 달빛을 즐기고 신선놀음하며 글줄이나 쓰는 것이 시류에 맞고 여건이 되었다는 게 속단이 아닌지 쑥스러운 마음이 든다. 그러나 달리 되돌아보아도 산전수전을 겪고 돌아와 거울 앞에 앉은 누이가 되었기에, 특별히 할 것도 없으니 지금이 그때가 아닐까 싶기도 하다.

그러고 보니 이건 거의 짜놓은 시나리오 같다. 오래전 농어촌공사가 이 동네에 치수사업으로 계곡물을 가두어 저수지를 판 것도, 관기봉 아래 집을 지은 것도, 어느 날 갑자기 동의도 구하지 않고 농월산방이라고 이름 지어 온 것도, 심란한 마음을 달래주는 귀인도, 이미 『삼국유사』를 쓸 때부터 인연이 되어 있었던 것처럼.

물그림자도 없는 곳에다 농월산방이라고 이름을 붙였다면 춤을 추는 달빛도 없이 얼마나 밋밋했을까. 여름밤에는 달빛이 어른거리고, 가을 새벽으로 물안개가 피어오르고, 겨울 아침에는 햇빛이 반짝이는 호수 하나쯤은 차지하고 앉아야, 일연스님의 노래 한 소절을 들을 수 있다는 치기 어린 생각이 내 머릿속에서 일렁거린다.

'헤어 지지마'. 지나가다가 우연히 본 미용실 이름이 어찌 이보다 더 어울릴 수 있을까. 당호나 택호나 상호나 성명까지도 우연한 게 없나 보다. 인연 따라 그렇게 불리게 되니 모든 것이 허투루 느껴지지 않는다.

제무씨

거친 숨을 몰아쉬며 제무씨는 달린다. 그의 몸통에서 하얀 김이 피어오르자 야성의 남성미가 전신을 감싼다. 오늘도 산더미 같은 나무를 싣고 계곡과 산등성이를 넘으며 험준한 산길을 오르내린다. 단 한 번이라도 좋으니 격렬하고 거칠게 제무씨와 일해보고 싶다. 전신을 흔들어대는 제무씨의 품안에서 그가 이루는 세상을 바라보며, 산길을 질주하는 상상을 한다.

소싯적에는 가끔 제무씨를 만났다. 친구들과 뒤를 따르며 그의 냄새를 흠선(欽羨)해댔다. 달리다 지치면 느린 걸음으로 뒷모습을 물끄러미 지켜보았다. 강철 같은 몸은 매력이 넘치고 흔치 않은 그에게 설레는 마음을 품었다. 아녀자들도 대놓고 제무씨를 좋아했고, 남정네들은 호감을 감추지 않았다. 물리적 위세를 부리던 남성들은 제무씨 앞에서만은 기가 죽었다.

그의 인기는 가히 하늘을 찔렀다. 제무씨는 번듯하게 잘생기고 몸집도 컸다. 미국에서 왔다고 무조건 좋아하는 사람들도 많았지만, 그것보다는 제무씨가 나서면 무엇이든 수월하게 끝났고, 일솜씨는 시원시원했다. 그를 필요로 하는 일자리는 도처에 널렸다. 관심 또한 부러움에서 비롯됐지만 잘난 체하지 않았다. 주어진 일을 묵묵히 하는 것이 그의 장점이었다.

한때 동네엔 억센 힘을 쓰는 사내가 많았다. 집안과 동네 궂은일을 도맡은 머슴들이다. 쟁기로 논밭을 갈아주고, 찬바람이 불면 나뭇짐을 한 짐씩 해 나르던 믿음직한 상운이 아재는 상머슴이었다. 솔가리를 산더미만큼 쌓아 올린 지게를 진 발걸음이 얼마나 가벼운지, 지게 작대기를 요리조리 짚어가며 빠른 발놀림으로 비탈길을 재바르게 내려온다. 부엌 뒤뜰에 솔가리와 장작을 뭉텅이씩 부려놓는 솜씨는 야물기 짝이 없었다. 잔치가 벌어지면 돼지를 잡는 일도 그의 일이었다. 돼지 오줌보는 따로 떼어내 개구쟁이 머슴애들에게 던져주었다. 뜨거운 한낮에 담뱃잎을 따고 나면 계곡 깊은 소(沼)에 뛰어들어 한참을 헤엄치던 그의 모습을 동네 아낙들이 입이 마르도록 칭찬하는 가운데 여름이 지나갔다.

근육은 말한다. 농경 시대의 쟁기를 갈던, 나뭇짐을 부려놓고 우악스럽게 도끼질하던 손이 머슴과 함께 사라졌다면, 산업 시대에 맞춰 스패너를 잡은 손과 더불어 제무씨가 나타났다. 그의 일터는 주로 산판이다. 그는 벌목한 굵직한 나무를 어깨에 메고 등에 지고도 가뿐하다. 파란 옷을 걸쳤지만 여기저기 난 상처는 감추지 못했다. 제무씨의 힘줄은 땀 흘린 기쁨과 더불어 척박하고 고단한 노동 현장을 드러내는 것 같다.

제무씨가 미국에서 우리나라로 왔을 때는 해방되기 전이었다. 'M16 소총'을 일본식으로 '에무16 소총'이라고 발음하는 것처럼, 제무씨도 원래는 'GMC(General Motors Company)'라는 영어 이름이었다. '지엠씨 트럭'을 '지에무씨'라고 부르다가 '제무씨'로 줄어들었다.

한 세기를 거슬러 올라가면 제무씨의 선배인 도락구도 만난다. 증조할머니가 시집 오기 전, 파 종갓집에서 남동생을 양자로 얻으려고 문중 어른들이 육 개월 동안 시도 때도 없이 집으로 찾아왔다고 한다. 수염이 허연, 갓을 쓴 노인 몇 분이 웃돈을 주고 목탄차를 얻어 타고 사십 리 길을 왔다. 신작로까지 타고 와서 산길 초입에서는 차에서 내려 걸었다. 목탄차는 제무씨만큼은 힘이 없었다. 그때는 목탄차를 '도락구'라고 불렀기 때문에 어르신들이 제무씨를 만나면 도락구라고 부른다. 제무씨와의 만남이 증조할머니로부터 느루 잡아 나까지 사 대로 이어진 긴 인연이다.

제무씨는 전쟁이 끝나고 산판을 다닐 때가 제일 좋았다고 한다. 여럿이 힘을 합쳐야 나무를 자르고 옮길 수 있으니 서로 돕지 않을 수 없었다. 비록 고철 덩어리에 낡은 엔진 하나로 버티지만, 아직도 기름을 마시면 막걸리를 들이부어 기운을 내는 인부들과 의기투합

한다. 묵묵히 일만 하는 협동이 그의 성정에 딱 맞는 일이 아닐 수 없다. 행복이 이런 것이란 것도 알았다.

제무씨의 좋은 시절이 가버렸다. 더 젊고 잘생기고 덩치 큰 친구들이 등장하기 시작했다. 비포장도로나 돌길, 나무 뿌리가 널린 오지를 용맹하게 달렸지만, 이젠 웬만한 산이라도 허리를 잘라 임도로 만들었다. 세월 앞에 장사 없듯이 점점 기운이 달려 예전만큼 일하지는 못한다. 그렇다고 완전히 일을 놓은 것은 아니다. 아직도 간간이 등에 돌과 흙을 짊어지고 산기슭을 내려오는 것을 본다. 가끔 가래 끓는 소리를 내고 잠깐씩 쉬는 모습을 볼 때면 내 마음이 아프다. 요즈음 제무씨는 몸이 성한 데라고는 없다. 퍼진 적도 여러 번이었다. 다행히 치료를 잘 받아서 지금까지 버틴다. 그의 친구들은 이제 몇 남지 않았다. 제무씨를 향한 사람들의 관심도 아궁이 불처럼 사그라들었다. 동네 남자도 아낙도 별 관심을 보여주지 않아 내가 봐도 더 쓸쓸해 보인다. 그렇지만 그 나름의 매력을 지니고 있으니 그를 함부로 외면할 수는 없다.

굼뜬 소 같던 세상의 시곗바늘이 빨라졌다는 걸 새 모델 차들을 보면서 알게 된다. 돌부리가 차이던 도로에는 미끈한 아스팔트가 덮였다. 검은 승용차들은 연미복을 입은 신사 같다. 덤프 짐칸에 분탄이나 나무나 돌을 실어 나르는 제무씨와는 달리 안락한 의자 깊이 사람들을 태우는 날렵한 차들이 홍수를 이룬다.

헬스클럽에서 단백질 음료를 마셔가며 근육질을 만드는 남성들이 넘친다. 초콜릿색 오일을 바른 울퉁불퉁한 이두박근과 임금 '왕(王)' 자를 새긴 복근은 보기 좋을 뿐 노동판 근육보다 진심이 모자란다. 땀에 절고 먼지를 뒤덮어 쓰고, 햇볕에 그을린 진실한 노동의 서사도 약하다. 티끌 하나 없이 반들반들한 승용차나, 산속에서 흙을 튀기며 헛바퀴만 돌리는 일반 트럭조차 몸을 아끼지 않던 제무씨의 건실한 노동에 견줄 수 없다.

벽 바깥이 터전이고 하늘이 지붕이었다. 거친 황무지에서 숲이 탄생하고 도시가 생겨난 풍요로운 세상의 변화는 놀랍다. 그럴수록 '크러렁크러렁' 힘에 겨운 시동을 걸고 삐걱대며 쇠 부딪는 소리는 사라져간다. 힘 좋고 덩치 큰 트럭들이 공장에서 생산한 물건들을 나르고, 섬세한 엔진들이 비단 위를 달리는 듯 세련된 몸짓으로 길을 누빈다. 깔끔한 사무실에서 컴퓨터 자판을 두드리는 직장인을 선망하는 시대가 된 것이다.

하나, 눈앞에 보이지 않는다고 사라진 것은 아니다. 아직도 산속 위태로운 좁은 길을 누비는 제무씨를 잊지 못한다. 비탈지고 울퉁불퉁한 산에서, 쇠를 깎고 길을 닦는 노동 현장에서, 오로지 몸 하나로 버티는 근육질 두툼한 무쇠 같은 굳센 사내, 육체의 땀을 흘리는 노동도 당당하다. 마초로서 우직하게 사는 산판 사내. 산골 저수지 공사장에서 여섯 개의 발통을 굴리기 위해 제무씨 같은 사내들이 일을 한다.

고철(古哲)은 고철(故轍)이다. 예부터 지혜로운 자는 앞서 지나간

수레바퀴 자국을 따라 삶을 이어간다는 뜻이다. 필요한 곳에는 언제나 그가 있다. 제무씨의 발자국을 따라 크고 작은 트럭들이 밤낮 없이 삶터를 누빈다.

소낙비는 내린다

공기 속에서 물씬 흙냄새가 풍긴다. 아스팔트에 검은 점들이 후두둑 떨어진다. 길 가던 몇몇 사람들은 손을 머리에 얹고 발길을 재촉하여 어디론가 사라져버렸다. 원래부터 사람이라고는 살지 않았던 듯 건물과 차들이 조감도 속 모형같이 서 있다. 소나기로 인한 교통 체증은 풀어질 줄 모른다.

서울은 한강을 중심으로 강북과 강남으로 나눈다. 거기다가 강남의 테헤란로를 기준으로 테북, 테남으로 갈린다. 왜 그렇게 구분하려는지 모르겠지만, 진짜 부자들이 많이 산다는 테북 거리는 유명한 브랜드숍이 즐비하다. 높은 글라스 빌딩, 파스텔톤으로 색을 입힌 건물, 곳곳에 세워둔 구조물, 독특하고 세련된 숍들이 저마다의 개성을 뿜어댄다. 휑하니 지나다니기만 하던 곳을 차 속에 갇혀 꼼꼼히 바라보기는 처음이다. 나는 창문에 코를 박고, 눈을 희번덕

치켜뜨고, 눈알을 이리저리 굴리며, 구경거리를 훑어댄다.

청담동 사거리는 꽉 막혔다. 교차로 단자리마다 뒤꽁무니에서 허연 김을 뿜어내는 차들이 움직일 줄을 모른다. 방정맞게 움직이는 와이퍼가 프랙털의 구조에서 헤어 나올 수 없는 운명을 예고하는 것은 아닌지. 명품 매장 안 샹들리에의 불빛도 자동차 후미등불도 빗물에 흘러내리고 있다. 굵은 빗방울은 빌딩이든 거리든 차든 가리지 않고 둔탁하게 두드리기를 멈출 줄을 모른다.

조선 후기에 살았던 한원 노긍의 「소나기 내리다」에서 "바람에 사립문 절로 닫혀 제비 새끼들이 놀라는데 소낙비 빗겨 오더니 골목 어귀로 몰려가네. 흩어져 푸른 연잎 삼만 자루에 쏟아지고 나더니 왁자지껄 온통 모두가 갑옷 군대 소리라네." 하는 장면이 떠오른다. 한 폭 수묵화 같은 풍경에도 물 폭탄은 화살 같고, 연꽃은 방패가 되어 투구닥 투구닥 굵은 소리가 들리는 듯하다.

길옆 아파트에 달린 작은 공원에 배달 오토바이가 선다. 사내는 녹음 짙은 등나무 아래에서 비를 피한다. 손수건을 꺼내 헬멧을 닦지만 벗진 않는다. 오토바이 짐실이 박스 안에 온기를 지켜야 할 음식이 들었을까. 이슬 냉기를 유지해야 할 아이스아메리카노가 담겼을까. 벤치를 두고도 나무 아래 쭈그리고 앉아 바닥을 내려다본다. 사내의 우울이나 기쁨 같은 감정은 헬멧 속에 담겨 있고 내 애틋한 시선은 움직이기 시작하는 차에 갇혔다. 대낮에 찾아든 어둠 속에서 차들은 다시 고갯마루에 줄지어 섰다. 그 형국은 마치 붉은 동백꽃으로 만든 용이 꼬리를 길게 늘어뜨리며 하늘로 승천하는 것 같다.

은빛 펜스로 둘러쳐진 공사장 담벼락이 나타난다. 인부 네 명은 호되게 내리는 비를 피하지 않고 있다. 아랑곳하지 않는다. 어차피 땀으로 목욕한 몸에 빗줄기는 시원한 씻김이라도 되는 듯, 신이 내린 샤워 줄기를 맞으며 한껏 차의 행렬을 지켜본다. 가만히 보니 외국인 노동자들이다. 그들은 소나기를 일상적으로 맞는 나라에서 왔을 것이다. 사람들이 소나기를 피할 때 이들만은 소낙비를 반가운 손님으로 여기는 듯하다. 갈 곳을 찾아 뛰어도 금세 젖고 마는 소나기라면 차라리 도인같이 비를 맞이하는 게 마음 편할지도 모른다.

팔월 더위를 끄려는 듯 소나기는 구름을 깔아 세상을 어둠으로 덮는다. 아스팔트 열기를 담은 수증기가 피어오르기 시작한다. 온종일 고된 노동을 이어가는 노동자들의 몸에서는 구수한 병꽃나무 냄새가 풍길 것만 같다. 세련된 도시를 오염시켜서는 안 된다는 불문율은 없지만, 그들은 건물 현관조차에도 들어가지 않는다. 퀴퀴한 냄새, 떨어지는 물기, 이방인의 가난이 미안했던 걸까.

대형 식당 주차장에서 한 사내가 컨테이너 박스 안에서 뛰어나온다. 들고나온 손바닥만 한 화분을 주차장 가운데 놓는다. 앙증맞은 다육 식물이 순식간에 빗물을 들이켠다. 남자는 안내소 안으로 들어가 유리창을 통해 물 먹는 꽃을 하염없이 바라보고 있다. 동글동글한 다육이가 연분홍 꽃대를 세운 채 갈증을 풀며 생기를 한껏 뿜어낸다. 평소라면 빼곡하게 주차했을 공터에서 홀로 비를 맞이하는 모습이 빗줄기를 타고 지상에 내려온 꼬마 신선 같다. 푸른 생명이 부럽다 못해 경이롭다. 저 이국의 노동자처럼.

인생길을 따라가다 보면 급우(急雨)를 만나기도 한다. 그런 낭패를 겪는 경우가 한두 차례뿐일까마는 세차게 퍼붓다가도 멀쩡하게 멈추는 게 소낙비다. 소나기를 한 번도 온몸으로 맞아보지 못한 도시인들에겐 처마가 없다. 비를 피할 수 있는 우산이나 차량은 이전보다 훨씬 많아졌지만, 긴 서까래 끝에 살짝 들어 올린 경쾌한 추녀 아래에서, 떨어지는 빗방울을 바라볼 망중한은 찾아보기 힘들다.

갑자기 들이치는 소낙비를 피하지 못하고 흥건하게 맞았던 동생이 내 가슴 한편에서 똬리를 틀고 앉았다. 서울 소재 집은 자고 나면 오르는 황금알이었지만 동생은 집을 팔아 빚을 갚았다. 일찍이 장만한 아파트에 입이 찢어져라 좋아하던 날이 엊그제 같다. 그러고도 불쑥 다른 빚이 수차례나 드러나면서 월세를 전전하며 월급마저 압류당하는 날이 끈덕지게 이어졌다. 한 도시에서도 해가 든 집과 비에 젖은 집이 뒤섞여 있는 것을 조카들은 일찍이 알아버렸다.

비는 내려야 할 때를 안다. 세찬 비에 몰매를 맞았던 동생에게도 환희의 소나기가 내려 눈물을 씻어주었다. 삶이 녹진하게 달라붙던 동생에게 처마를 내민 친구가 나타난 것도 소낙비 내리는 듯 한순간이었다. 제부의 대학 친구가 신림동에 아파트를 내어주었다. 따뜻한 사연을 품은 수기는 동화처럼 느닷없이 일어나는가 보다. 피붙이도 해결해주지 못한 일을 한때 동문수학한 정으로 그리 큰 결

점등인이 켜는 별

심을 한 친구에게 큰절이라도 하고 싶었다. 쪼들린 가뭄 끝에 찾아온 행운은 한바탕 시원스레 내린 소나기였다.

언제부터인가 일기예보에 귀를 기울인다. 가방 속에 우산이라도 챙기면 마음이 든든해지는 걸 보면, 비가 불청객이라도 되는 것처럼 해롭고 성가시게 생각하게 되었나 보다. 도시는 비를 맞이하기보다는 배출하기 바쁘다. 농부는 비가 오시면 물꼬를 트고, 밀린 비설거지를 한다. 호박과 수박이 새들새들 골다가도 한바탕 쏟아지는 비를 스펀지처럼 들이키면서 반질반질해지는 것을 보며 기쁨을 느낀다. 미처 예고 받지 못한 소나기라도 한차례 퍼붓고 지나가는 단비는 틀림없이 스며들어 생명을 살찌운다.

비는 내릴 때 내린다. 자동차 지붕 아래서 비를 피하는 사람들에게 소낙비는 뭐라고 말할까. 먼 하늘을 보고 시원하게 빗줄기를 맞는 갈색 노동자에게 소나기는 뭐라고 할까. 작은 화분 속 다육이에게는 뭐라고 할까.

바닥에 쪼그리고 앉은 배달부도, 비를 맞고 선 노동자도, 두 팔을 벌리고 비를 맞이하는 화초처럼 생기를 한껏 들이켰으면……

소낙비는 내린다

마리아 은행(銀杏)

　　모성이 서 있다. 화석과 고목이 되기를 거부하고 공룡 시대부터 모계를 타고 내려오는 영생의 상징과도 같다. 치마폭 같은 잎을 지니고서도 침엽수에 속한다니 쉽게 이해하기 어려운 내막이 있을 법하다.

　　투명한 가을볕과 새초롬한 바람이 합세한 물감을 얹은 가을 잎이 떨어진다. 운명에 순응하듯, 마지막으로 거역하듯, 반짝거리며 허공에서 나풀거리는 모양은 홀로 춤추는 발레리나를 떠올려준다. 가을이 얼마나 깊어졌는가는 은행나무 추엽의 색깔로 느낀다. 침엽수 잎이 불타다 못해 남루한 빛으로 퇴색하기 시작할 무렵이면 이 나무는 한 해의 마지막 향연을 베푼다. 찬란한 빛을 거두어 한 시절을 마무리하는 사람의 가을빛은 어떨까.

　　정자 툇마루에 앉아 고개를 들었다. 토담 남쪽 모서리 연못가에 사백 년 묵은 은행나무가 눈앞으로 밀려온다. 한 그루뿐이어서 더욱 창연하다. 눈이 시리도록 노란 단풍으로 치장한 가지가 모든 배경을 무시하듯 기세롭게 하늘로 뻗는다. 아래로 향한 낮은 가지는 은근하게 연못을 향해 손을 내민다. 은빛 열매를 조불조불 매달아 힘겨운지 '영혼의 정원' 담벼락에 기대었다.

은행나무는 자웅이주 나무이다. 세상의 자웅들에게 생산의 이치를 알려주듯 수나무와 암나무가 함께 있어야 결실을 맺는다. 보이지 않더라도 두 그루는 어딘가에 서서 서로를 탐한다. 하지만, 서석지의 암은행나무는 연못에 비친 자기 모습과 짝을 이루어 은행알을 잉태한다는 전설을 안고 있다. 자기애로 연못에 빠져 죽은 나르시스와 달리 스스로의 그림자를 사랑하고 제힘으로 생산하고 마는 강인한 생명력의 화신이다.

짱짱한 얼음을 깨서 한 빨래는 살얼음이 버석거리고 부르튼 손은 얼어 곱아든다. 졸음을 참아가며 흐린 호롱불 아래 늦은 밤까지 바느질을 하고도, 이른 새벽부터 종종거리며 푸성귀 뜯고 아궁이 불붙여 가마솥에 밥을 짓는다. 그동안 믿고 싶었던 남편은 다른 처마 밑에서 주색잡기, 투전놀음, 술주정을 해댄다. 굳으면서도 여린 여인의 속마음을 알아주는 사람은 어디에도 없다. 고추당초보다 매운 시집살이를 견디며 사람대접, 여자 대접도 받지 못하던 여인을 부르기를 한(恨)이라 한다. 마음이 선량하여 가슴에만 쌓인 한(恨). 오죽하면 저 은행나무는 그러한 여인을 위로하려는 듯 수나무의 꽃

마리아 은행(銀杏)

가루를 마다하고 연못 속에 비친 자신의 반영으로 열매를 맺었을까.

때마침 수군거림이나 손가락질에 개의치 않는 어머니가 나타났다. 외국에서 온 연예인이 결혼이라는 제도 바깥에서 제 혼자 엄마가 되었다. 남편이 아닌 어느 남자의 정자를 기증받아 사랑스러운 아이를 출산했다. 처녀가 아기를 낳았으니 흥덩어리가 될 법도 한데, 사람들은 예상과 달리 따뜻한 시선으로 모자를 바라본다. 그녀는 아이를 낳고 싶었던 자신의 꿈을 이루었을 뿐이지만, 우리 사회에서는 비혼모가 처음 생겨난 일이니 중요한 변곡점을 만들어낸 것만은 분명해 보인다.

혼자 아이를 낳은 어미가 우리 사회에 없었던 게 아니다. 남편이 출타 중이었거나 정인이 떠난 뒤, 몹쓸 일을 당했거나 혹은 대를 잇는 도구가 된 씨받이 여성들의 이야기가 드물게 있다. 남자가 있지만 인정받지 못한 관계일 때 손가락질받는 것은 여자들의 몫이었다.

곰곰이 주변을 살피면 씨앗이 어딘가 있다. 혼자 아이를 낳은 어미도 정자를 제공받았고, 자웅이주 은행나무도 거센 바람결을 타고 온 수나무의 꽃가루를 받았을 터이다. 예수도 생물학적인 아버지 요셉이 있었으니 아비 없는 자식은 아닐 것이다. 그런데 런던 동물원에서 지내던 코모도왕도마뱀 '순가이'는 수컷 없이 새끼를 낳았다. 추적 연구를 해보니 단성생식이었다. 암컷과 수컷이 힘을 모아 새끼를 낳는 일이 갈수록 힘든 세상이니, 먼 미래에는 단성화되는 것이 현실이 되지 않을까. 자웅동주만 살아남을 것을 일찌감치 예고하는 건 아닌지 자꾸만 상상하게 만드는 일이다.

심학규가 심청이를 혼자 키웠다지만 젖 보시를 한 동네 아낙들이 있었다. 영화 〈파인딩 포레스터〉의 주인공은 자말이라는 소년의 친구가 된다. 중년의 작가와 글쓰기를 좋아하는 아이가 만나지만, 인종도 가난도 나이마저도 그들의 우정을 막지 못한다. 영화 속 숀 코너리는 책과 집을 소년에게 물려준다. 배로 낳은 자식이 아니어도 마음뿐만 아니라 평생 모은 재산을 물려주는 삶이 문학과 예술의 소재가 된 지 이미 오래다. 가족의 구성이 색다른 모양을 이루는 것도 시대정신일까. 호적이 달라도 가족이 되고, 친구끼리 서로의 보호자가 되는 세상으로 가고 있다. 호주제도가 폐지되고 부계 혈통으로 내려오던 성씨도 이제는 어머니의 성씨를 따르기도 한다.

연지가 하늘을 가득 품었다. 마치 하늘은 남자요, 땅은 여자니라 하던 옛 정서가 작은 연당에 합쳐져 있다. 노란 단풍잎과 은행알을 다북스럽게 단 나무가 서석지에 그들의 자식인 양 담겨 있다. 높다란 기와가 그 둘레에 자리를 잡는다. 인간은 부모의 몸을 이어받았다는 증거로 어미로부터 한 점 배꼽과 탯줄이라는 선을 물려받았다. 그 탯줄의 의미가 서서히 사라져간다. 배꼽도 어미의 몸을 통해 영양분을 받고 생명을 얻었다는 도장일 따름이다. 모든 여인은 바르톨로메 에스테반 무리요가 그린 〈원죄 없는 잉태〉의 성모마리아

마리아 은행(銀杏)

이다. 아이를 잉태하고, 배 속에서 키우고, 산도로 낳고, 젖 먹여 키우는 대모이다. 연못가의 은행나무는 그 여인의 탄생 노동을 온몸으로 표현하고자 설화 같은 변종으로 자리 잡은 모양이다.

태양 빛을 먹고 자라는 만물들은 겨울이 지날 때마다 잊지 않고 소생한다. 태극에서 음과 양이 태어나고 우주의 기운이 모여 사물은 끊임없이 제 모양을 바꾼다. 변화한다는 사실만 변하지 않으면서 여기까지 이르렀다. 모성도 가족도 새로운 그림을 그리기 시작한다.

산속에는 모양이 같은 나무들이 한 그루도 없다. 그렇게 다른 것들이 어우러져 숲을 이룬다. 서석지 은행나무는 숲길 어귀에서 수많은 부챗살을 사방으로 펼치며 시대의 돌풍을 일으킨다.

서석지 돌담장 옆에는 지금도 성모마리아를 닮은 은행나무가 여여하게 서 있다.

십오 센티미터

버스가 현관 앞으로 서서히 다가선다. 말쑥한 정장 차림의 지배인이 나와서 깍듯이 맞아주자 청년들이 손을 흔들며 큰 소리로 인사한다. 점심을 먹기 위해 중식당으로 들어간다. 문턱이 높은 호텔이라도 턱이 없어 갈 만하다.

경주행을 앞두고 근심이 컸다. 얼굴을 알지 못하는 초면이기도 하지만 혼자서 간신히 걷는 이도 있고, 중증 장애인도 온다는 말을 들은 탓이다. 족쇄에 갇힌 몸은 오래도록 우울의 그늘 밑에 있었을 것이다. 연민의 정이 미리 걱정을 만들었다.

장애인 복지관 정기 나들이에 봉사자로 신청했다. 틈틈이 봉사를 즐겨하던지라 신청을 망설이지 않았지만, 중증 장애인이 휠체어를 타고 갈 만한 식당이 있을까 염려되었다. 그나마 호텔은 엘리베이터와 경사로가 설치되어 이동이 편하다. 집과 복지관만 오가던 장애인들이 호텔 요리를 대접받게 되니 다행이 아닐 수 없다.

어릴 적에는 어느 동네든 장애인이 한두 명은 있었다. 장애가 있는 사람이 지나가면 동네 아이들이 따라다니며 놀리고 흉내를 내었다. 잘못이라는 걸 뻔히 알았지만, 놀이기구가 없는 시절에 무료함을 없애는 철없는 방식이었다. 어른들이 헛기침 소리를 내거나 부지깽이를 든 아주머니가 따라붙으면 먼지를 일으키며 꽁무니를 뺐다. 요즘은 거리를 다녀도 장애인이 한 명도 보이지 않는 날이면 문득 슬퍼진다. 분명 집 안 어딘가에 숨은 듯 지낼 거라는 생각을 하면 가슴이 아리다. 그들이 거리낌 없이 거리를 다녀도 그러려니 하는 세상이라면 좋으련만. 장애인을 볼 수 없는 불편한 진실이 위선의 사회로 가고 있는 게 아닌가 싶다.

십오 센티미터의 턱은 낮지만 아주 높다. 보통 사람은 아무렇지도 않게 한 계단 오르듯 넘어가는 낮은 턱이지만 누군가에게는 힘든 높이다. 아기가 처음 평지에서 한 단 높은 곳을 오르내릴 때, 간신히 한 발을 떼기 위해 주저하는 광경이 펼쳐진다. 휘청거리며 아슬아슬하게 버티다가 엉덩이로 뭉개거나 발부터 짚어 조심스럽게 바닥을 찾는다. 생의 굴곡을 온몸으로 배우기 시작한다.

천성적이거나 후천적으로 자신의 그런 힘을 발휘할 수 없는 사람도 있다. 휠체어는 누군가의 도움 없이 전진하게 하는 반려인과 같다. 그래서 그들은 계단 앞에 서면 흐름을 끊는 벽처럼 막막한 현실을 만난다. 직진으로 갈 수 있는 곳이 얼마 되지 않는다. 손가락으로 조작해서 전동차가 그들을 세상 속으로 이끌어도 배려가 없는 턱이 그들을 위험에 빠뜨린다. 지인이 전동차를 타고 가다가 주차된 트럭이 인도를 막고 있어 하염없이 기다리다가 발길을 돌렸다는 말을 들었다. 작은 바퀴는 아주 낮은 단차에도 넘어지기 쉽다. 몸이 불편한 이들에게 십오 센티미터 도로 연석을 내려와 막힌 트럭을 지나는 일은 생각만큼 쉽지 않다. 십오 센티미터는 두 자리 숫자가 아니라 세상과의 만남을 훼방 놓는 거부의 수치(數値)이다.

그들을 가까이서 보면 어색함과 친밀감을 함께 느낀다. 내 생각보다 그들은 명랑하다. 마음먹은 대로 움직이지 않는 팔다리를 흔들며 힘을 짜내어 간신히 한마디를 내뱉고, 성량이 조절되지 않아 목청에서 센 소리가 나도, 농담은 평안하고, 재치는 반짝인다. 누구나 세상이 힘든 것을 아는 듯, 성가신 일에도 웃기만 한다. 타고 온 장애인 전용 버스가 유턴하면, 잘했다며 박수를 쳐준다. 기사가 답례로 손을 번쩍 들어 올린다. 그들의 환호성이 버스 안을 즐거운 분위기로 만든다. 일 년에 한두 번 있는 바깥나들이를 마음껏 즐기는 모습을 보면서 마음이 애틋해졌다.

그들은 웬만한 희로애락이면 기꺼이 감내하는 대범한 자세를 보인다. 시련의 바닥까지 몸이 닿았기 때문이다. 그들을 보노라면, 하회 탈춤놀이에 등장하는 이매가 떠오른다. 어눌한 말투에 온전치 못한 몸으로 손발을 비틀대며 신명 나게 춤을 추는. 이매는 백치 같은 얼굴에 턱까지 없어 더욱 우스꽝스러워 보이지만, 세속의 때라고는 한 치도 느껴지지 않는 그런 웃음을 웃는다. 이매의 평화롭고 순수한 미소는 질타와 천대를 초월했다.

낮은 문턱을 쉽게 넘지 못한다는 불편은 불편이 아니라 불평등이다. 오래도록 감내해야 했던 인격 모독 같은 것이다. 단절의 고독과 고립을 일평생 안고 살아야 한다는 것은 고문에 가깝다. 간극이 주는 불편을 이겨내고 정신력으로는 못 가는 곳이 없는 경지는 어떤 것일까. 쾌활한 성격과 순수한 마음씨에서 오는 것일까. 달관에 가까운 스스로 만들어낸 자유와 행복이 아닐까. 그것도 아니라면 체념에서 오는 것일까. 당연히 누려야 할 권리를 찾기 위한 주장을 포기하고 평심으로 행동하니 더 애잔하기만 하다.

애초에 사회는 '나눔'이 아니라 '나누기'를 좋아하는 것 같다. 강자와 약자, 정상과 비정상, 심지어 여성과 남성으로 나누어 대립하고 반목시킨다. 제아무리 날고 기는 재주를 가졌더라도 나이 들면 사회적 약자가 된다. 겉보기엔 멀쩡해 보여도, 보이지 않은 각종 병에 시달리며 약으로 매 순간 연명하는 사람들이 헤아릴 수 없을 만큼 많다. 약간의 장애를 가지지 않는 이는 거의 없다. 콧잔등에 걸친 안경도, 귀에 꽂은 보청기도 장애를 구원해주는 보조물이다.

예전부터 턱이라는 게 있었다. 은행 문턱은 가진 자와 가지지 못한 자를 나누었고, 학교 문턱은 배운 자와 못 배운 자를 갈라놓았다. 문턱 하나로 사회를 계층화했다. 정해진 계층에서 벗어나 턱 위로 올라가기란 점점 어려워진다. 어느 지역에선 낡은 건물을 견디다 못한 장애인단체가 안전한 집으로 이사를 하려 했다. 그러나 주민들이 나서서 강하게 막아서는 바람에 오도 가도 못 하는 처지가 되었다. 반대하는 사람들의 '님비(NIMBY)'는 인간의 분별없는 이기심을 뜻하는 또 다른 십오 센티이다.

십오 센티미터는 장애인의 자유를 빼앗는 출발선이며 넘어야 할 허들과 같다. 그들에게 자유롭게 다닐 수 있는 기본적이고 최소한의 권리를 돌려주어야 차별과 편견을 없앨 수 있다. 몸은 자유로워도 마음이 감옥에 갇히고, 마음이 자유롭지만 몸이 구속받는 사회에서 권리는 무슨 의미가 있을까. 거리를 활보하는 사람들도 따지고 보면 시간과 관계에 예속되고 자신의 고정관념에 매인 장애인이 아닐까.

휠체어가 바람을 가르고, 숲길을 지나고, 푸른 시내에 놓인 다리를 건넌다. 신호등을 지나 동네 마트와 예쁜 카페에도 들어간다. 맑은 날이면 공원 사잇길을 쏘다니고 싶다. 함박웃음을 머금은 청년을 태운 나는 도시 속을 건너는 낙타이다. 나는 잠깐이라도 힘차게 달려보고 싶다. 앞으로 고꾸라질까 봐 가슴 졸이던 청년이 내 무릎에서 천천히 일어나 뚜벅뚜벅 걸어간다. 허공을 헛되이 젓던 두 팔이 나무를 쓰다듬자 푸른 잎이 부드럽게 흔들린다. 건강해진 다리가 길가의 연석을 가볍게 넘는다. 십오 센티미터의 장애가 사라진다. 멀리 있는 신호등이 몸을 움직여 어서 오라고 손짓한다.

고대 그리스에서는 '크세니아'라는 손님 접대 문화가 있었다. 이름도 신분도 묻지 않고 지극한 대접을 해준다. 귀천을 가리지 않고 누구에게나 베푸는 배려가 문명인의 진정한 자세이다. 몸이 조금 이상하게 보인다고 하여 배척하거나 외면한다면 스스로 야만스러운 괴물이 되는 길이다.

법 없이도 살 이들이 자유롭게 다니도록 법은 세워졌지만, 법대로 되지 않은 곳이 여전히 많은 현실이 아쉽다. "십오 센티미터 연석은 글자 없는 출입 금지." 그들이 넘지 못한다면 그것을 낮춰야 한다.

고려장을 부탁해

　나를 버려주었으면 좋겠다. 더 늦기 전 승용차에 태워 가도, 지게에 얹혀 가도 괜찮다. 번거롭다면 내 발로 떠나갈 준비도 되어 있다. 어쩌면 이미 토사구팽(兎死狗烹)을 당했는데도 제 처지를 모른 척하는 것은 아닐까.

　햇살 좋은 봄날, 두릅 따고 가시오가피 순도 한 바구니를 따서 마루에 앉았다. 애들에게 그대로 보내면 손질하기 귀찮아 먹지 않을까 싶어 일일이 다듬는다. 여린 싹의 아랫부분을 벗기는 작업은 시간이 한참 걸린다. 내가 먹을 거라면 이렇게 정성을 쏟을까. 손끝이 까맣게 물들어가도 이걸 먹을 자식 생각하니 구름이라도 만진 듯 몽실한 느낌이다. 다듬고 데쳐서 한 끼에 먹을 만큼 봉지에 나눠 담는다. 햇살은 찬 기운과 교대하며 뉘엿 넘어간다.

　자식들이 성인이 된 지 오래다. 어쩌다 집에 오면 그 옛날 어린아이 때마냥 흥감스럽게 먹는 입턱을 보기만 해도, 봄날 나뭇가지에 물오르는 소리가 들리는 듯하다. 자식들에게 가는 택배 준비는 평소보다 더 많은 모성 호르몬을 내보내는지, 논 열 마지기를 갈아엎은 억척스러운 아낙이 된 기분이 든다. 내 몸으로 낳은 자식이니 이것저것 좋은 것을 보내주고 싶다. 많이 퍼주고, 더 자주 만나고, 항상 안아보고 싶다. 아예 내가 나서서 대신 일하고, 공부하고 힘든 건 도맡아 해줄 수만 있다면 속이 시원할 것 같다.

나와 동갑인 사촌은 일찍 결혼한 딸이 힘들다며 손녀 봐주러 날마다 딸네 집으로 출근한다. 돌아오는 길에는 한의원에 들러 퉁퉁 부은 무릎에 침을 꽂곤 하건만 이내 내일 출근을 준비한다. 두 손 가득 장바구니 안에 담긴 재료를 쉴 새도 없이 요리해서, 이 자식 저 자식 집에 반찬 배달하는 것도 그녀의 일과 중 하나이다. 더 해줄 일은 없는지 살피는 그녀에게서 내 모습을 본다. 늙은 부모가 언제까지 등과 허리를 파스로 도배하도록 자식들을 보살펴야 할지 그 끝을 알 수가 없다.

구십이 넘은 친척 할매는 육십이 넘은 아들의 끼니를 챙긴다. 보훈 연금의 절반은 아들 몫이고, 그나마 남는 것도 손자 용돈으로 나간다. 직장을 다니다가 돌아오기도 하고, 시집 장가를 갔다 오기도 하고, 그렇게 자식들이 부모 품으로 되돌아오는 것이 시대의 현상인가. 세상을 날아보지도 못하고 둥지에서 시들어가는 젊은이가 많아지는 게 어찌 걱정이 아니겠는가.

점등인이 켜는 별

아이들은 중학교를 마치고 내 품을 벗어났다. 무엇이 급해서 그리 일찍부터 내놓았던가 싶을 때가 있다. 부모를 떠나 자신을 책임지며 사는 삶은 당연히 버겁다. 어린 나무도 지지대를 벗으면 태풍에 흔들리는 숱한 밤을 보내야 제대로 뿌리 내린다. 두 다리로 직립보행을 하던 즈음을 떠올리면 자립 생활을 해나가는 일은 사막을 걷는 것과 다르지 않았을 게다. 자식들에게 스무 살이 넘으면 스스로 알아서 하라는 말을 귀에 못이 박이도록 했다. 미래를 책임져야 한다는 불안이 그들을 외롭게 하지는 않았는지……. 그게 미안해서 요즈음 자꾸만 무엇이든 해주고 싶은 마음이 드는 게 아닌가 싶다. 어느덧 '월급 꿀벌'이 되어 사는 자식들의 모습이 안쓰러워 산나물을 다듬어 보내는 일벌 노릇 흉내를 낸다.

종종 아이들에게서 나에게로 시선을 돌릴 때가 있다. 어떤 때는 자식들에게 마음을 쏟느라 내가 독립하지 못한 것이 아닌가 싶다. 부모들은 자기 경주로를 비워두고 아이의 인생길을 대신 뛰려 하는 걸까. 지름길보다는 두름길이 볼거리도 많고 재미난 경험도 많을 텐데, 기회를 빼앗는 것 같아 어쩐지 쓸쓸해진다.

부모 자식 간 정은 하늘의 인연으로 정해진다고 한다. 함께했던 세월은 신만이 끊을 수 있는 것. 천륜은 끊어져도 버려져서도 안 된다. 할 수 있다면 공간의 분리는 하면 좋겠다. 부모 자식 간에도 '사회적 거리'가 필요하지 않을까 싶다. 한 줄 사회적 거리는 단순히 물리적 측량이 아니다. 그것이 인격의 거리이고, 존중과 신뢰의 거

고려장을 부탁해

리인 셈이다.

　독립을 통해 스스로 먹고 자고 생활하는, 평범하지만 가장 어려운 책임을 배운다. 생활이란 기업체 하나가 굴러가는 것만큼 갖가지 일이 일어나고, 업무도 큰 단체만큼 다양하다. 혼자 생활해보면 대단한 능력이 길러진다. 진정한 독립은 경제적 자립과 정서적 홀로서기를 함께 이루는 것이리라. 부모가 자식을 놓아주지 못하면 자식은 부모의 아이로 남는다. 자식들은 나를 끊어내고 나는 오래전에 자식을 놓아버려야 했다. 어른이 되어 다른 이에게 의존하지 않는 것이 품위이다.

　콩쥐와 팥쥐 중에 부모가 감싼 팥쥐는 무능했으며, 신데렐라도 홀로 견디다 보니 기회를 잡는 능력이 키워졌다. 엄마 치맛자락만 붙들고 있으면 행복을 잡을 수 없는 동화 속 주인공에 머문다. 그리스의 신들 가운데 제우스는 아버지 크로노스를 무한지옥에 보내고 최고의 지배자가 되었다. 크로노스 또한 우라노스를 거세하고 왕이 되었기 때문에 자식을 낳는 족족 잡아먹었다. '아버지 죽이기'로 표현하는 그리스 신화에는 자식은 부모의 간섭 욕구를 극복해내야 한다는 메시지가 숨겨져 있다. 신화 속 아들들이 아버지를 죽였다면 내 딸들도 '어머니 죽이기'라는 심리적 과정을 겪어내야 할 것이다.

　자식들에 대한 깊은 사랑의 표현은 '버리기'가 아닐까. 가지를 쳐내는 것은 고사시키려는 것이 아니라 더 잘 여물게 하기 위한 것이리라. 세상의 바람이 잘 통하는 건강한 나무를 꿈꾼다. 무엇과도 바

점등인이 켜는 별

꿀 수 없는 자기만의 생을 위해 척박한 자연을 헤쳐나가는 상상을 한다.

나는 이따금 자식을 제 인생의 주인공으로 만들지 못했다면, 벌을 달게 받아야 한다는 생각이 든다. 자식들에게 한 봉지의 산나물 정리를 담아 보낼 때마다 나는 나름의 인내심을 키우려고 한다. 자식들의 목소리가 갑자기 듣고 싶어도 참아낼 터이다. 용돈을 받으면 곱빼기로 돌려주지 않고 담담히 주머니에 넣어둘 것이다. 보고 싶고 그리울 때는 내 열정을 달리 태워야 할 마지막 시점이라는 걸 알아차리겠다.

부모의 나이 때가 되면 스스로 얼굴을 재정비한다. 어릴 때는 부모의 보호 아래서 평탄하게 자랐다면, 스무 살 고개를 넘어서는 자기 세계를 조금씩 넓혀나가는 게 좋겠다. 늘어나는 주름살이 계급장으로 빛나 보이려면, 부모는 자식의 꿈에 간섭하지 말고 자식은 부모의 삶에 서성대지 않아야 한다. 그러니까 "고려장을 부탁해."

갑을의 역학관계

마당엔 여왕과 시녀가 나란히 서 있다. 여왕은 기세 좋게 고개를 하늘로 향하고, 시녀는 오종종하니 모여 앉아 있다. 장미는 겹치지도 부딪치지도 않은 꽃잎에 둘러싸여 푸른 초원 위에 얹힌 붉은 왕관처럼 당당하다. 그 옆에는 여린 흰 꽃잎 다섯 장을 펼쳐 든 찔레가 자리 잡았다. 순박하게 보여도 향기만큼은 장미 못지않다.

오래전, 이삿짐을 부리기도 전에 장미부터 심었다. 울타리를 디디고 올라선 빨간 장미를 상상하니 황홀함이 몰려왔다. 간격을 맞춰 심고 메마를 땐 물을 주며 정성을 기울였다. 이듬해도, 그 이듬해도 우후죽순으로 뻗어난 가지를 전지하고 타고 올라갈 지지대까지 세워주며 손을 보았다. 어느 날 장미꽃과 나란히 줄을 맞춰 자라는 나무가 눈에 띄었다. '넌 누구니?' 대답도 없던 녀석이 하얀 꽃을 피우고서야 찔레라는 신분을 밝혔다.

점등인이 켜는 별

고혹한 향기가 들이친다. 대문을 지나갈 때마다 바람을 타고 날아온 향이 코끝으로 다가오면, 내 신분은 여황제의 언저리까지 나아간 듯, 장미꽃 화환을 쓴 듯 도취된다. 장미는 어떻게 높은 자리까지 상승했을까. 고대 이집트까지 거슬러 올라간다는 기록이 있듯이 여왕 대접은 여성의 아름다움만큼이나 오래다. 수많은 꽃 가운데 하나지만 힘이 있는 귀족들이 키우고, 사랑하고 예찬했으니 지금도 위상은 떨어질 줄 모른다.

약한 것들에겐 가시가 돋는다. 장미도 아름답지만 약하다. 짙은 향과 풍성한 꽃잎을 겹겹이 쌓아 화려한 외모를 자랑하지만, 언제 부러지고 꺾일지 모르는 상황이니 가시마저 없으면 자신을 지키기에는 역부족일 게다. 설상가상으로 뾰족한 가시를 앙탈 부리는 까탈스러운 성격으로 묘사해서 아름다움을 부풀리기까지 한 것은 남성의 모략이 아닐 수 없다. 그 덕분에 울타리나 담장 위에 얹혀 욕망의 이름으로 빛나게 되었지만 말이다.

장미는 상상의 지위를 부여받았다. 그렇기에 권력을 뺏고 빼앗기는 역사 속의 모든 지배자와 달리 손가락질을 받지 않는다. 사람들은 옷을 벗으면 본질은 똑같은데도 우위를 만들었으며, 겉은 눈에 띌 만큼 신분의 위아래를 규정지었다. 생명 있는 모든 것에게 구심보다는 원심을, 수평보다는 수직을 강요한다. 그래서인지 장미는 오만한 인간으로부터 자신을 지키기 위해 가시를 만들었는지도 모른다. 제 모양을 뽐내던 장미는 시절이 다하면 낮은 마당에 꽃잎을 떨궈 다시 한번 꽃을 피우는 겸손함을 보인다. 꽃은 모두의 꽃일 뿐인데, 왜 꽃 중의 꽃을 만들어야만 했을까.

아무리 돌이켜보아도 심은 적이 없는 찔레가 마당 한편에 자리를 잡은 게 신비롭다. 이태 전, 개집 뒤에서 몸을 키웠던 찔레나무는 진즉에 뽑아냈다. 울타리 장미 넝쿨 옆에서 쥐도 새도 모르게 장미인 양 세력을 키운 찔레가 하얀 꽃을 피우고 나서야 정체를 알아차렸다. 애지중지 공들인 장미를 도와 낮은 울타리의 구실을 하려고 드니 두어보기로 한다. 키는 장미만 못해도 이파리며 무수한 털 같은 가시를 달고 있으니 담장 한 켠은 지킬 만하겠다 싶다. 만년이 인자여도, 장미의 대목으로 쓰여도, 흔하디흔해서 대접해주지 않아도, 꿋꿋하게 뜰을 지킨다.

어느 오월 성난 바람이 부는 날, 마당 끝자리에 피어난 여린 찔레 꽃잎이 흔적도 없이 날아가버렸다. 덥수룩한 덩굴에 흰 꽃이 매달렸어도 새신부의 청초한 모습이더니 맥없이 자취를 감추어버렸다. 소박하게 피었다가 소리 없이 사라지는 모양이 민초를 닮았다. 비바람에 꽃이 지고 겨울이 찾아오면 앙상한 가지에 붉은 열매를 맺고 새들의 몸을 빌려 천하를 누빈다. 강한 생명력은 온 들판을 들장미의 향기로 물들인다.

모진 고난에서도 살아남으면 끈질겨야 마땅하다. 그러나 질긴 생명력을 얕잡아 보는 데서 갑의 횡포가 비롯된다. 찔레는 햇빛이 조금만 들어도 산과 들 어디서나 보살핌 없이 잘 자란다. 마당 귀퉁이나 울타리 아래로 번식해서 뽑아내도 빈틈, 빈자리를 파고들어 고개를 내민다. 눈치도 없이 번성하면 인간과의 영역 다툼에서 늘 사람의 견제를 받기 마련이다. 돌봐주는 이 없이도 저 혼자 꽃을 피우고 열매를 맺는 독립심이 있어 울창한 숲속에서도 낮고 조용하게 공간을 메워나간다.

가시는 찌르지 않는다. 여왕도 시녀도 가시로 도배를 했지만, 그 누구도 찔러대지 않았다. 가만히 들여다보면 볼수록 사랑스러운 꽃이거늘, 기어이 내 것으로 소유하려는 갑 중의 갑, 사람이 있으니 꽃들은 강렬한 두려움으로 가시를 달았을 터이다. 다가와서 예쁘다고 손을 먼저 내민 주제에, 찔렸다고 애면글면 장미와 찔레가 가시 돋쳤다는 이야기를 만들어낸 것이다.

사람에게도 가시가 있다. 가시로 상대를 찌르며 상처를 준다고들 해도 두렵고 힘들 때나, 강자가 무시무시한 무기를 손에 들고 공격해 오면 약자는 가시를 내민다. 내면 깊이 움츠러들다가 스스로 뚫고 가시가 돋는다. 비명을 지르기도 하고, 헛 주먹을 허공에다 대고 휘두르기도 한다. 지렁이는 밟으면 꿈틀거리고 궁지에 몰린 생쥐가 고양이를 무는 것과 다르지 않다. 장미는 주목은 받았을지언정, 누군가를 해치는 갑 꽃이 아니라 을 꽃이었다.

괴테의 시에 베르너가 곡을 붙인 〈들장미〉를 불러본다. 소년은 들에 핀 장미화의 향기에 취하고 한 떨기 장미가 예뻐서 꺾고 만다. 자신을 지키려던 장미는 가시로 소년을 찌른다. 서양에서는 찔레꽃

　갑을의 역학관계

을 들장미라 부른다. 장미는 찔레이고, 찔레가 장미였다. 사람이 자신보다 강한 것들 앞에서 두려움을 떨쳐내는 것은 무소불위 권력의 허상을 알았기 때문이다. 빈농들은 녹두장군과 함께, 노예들은 스파르타쿠스를 앞세워 관군과 로마군을 맞서 싸웠다. 갑에게 시달려본 사람은 언제까지나 을에 머물지 않겠다는 것에 깨어 있어야 한다. 갑질 노릇은 아무런 생각 없이 조금만 방심해도 스멀스멀 기어나오기 때문이다.

새봄 찔레 순이 길게 손을 내밀면 껍질을 까서 먹는다. 풋풋한 맛이 입안 가득 싱그럽게 퍼진다. 찔레는 가난에 찌들고 배고픔에 지친 지난날 아이들에게 장미가 아니더라도 찔레 가시를 기억하라고 가르친다. 허름하고 너절했던 아이들이 필로남루(篳輅襤褸)로 자라나 아무도 해치지 않을 삶을 살고 있는지 궁금하다.

을도 갑이 되고 갑도 을이 되는 인생사. 을이라 하더라도 누군가에겐 갑이 되는 것. 갑이라 하더라도 또 다른 누군가에게는 을이 되는 것. 그래서 어떤 이도 갑이자 을이고 을이자 갑이 아닐 수 없다. 세상 만물은 갑을의 고리 따라 돌고 돈다.

"찌를래? 찔릴래?"

마당 가에서 찔레가 묻는다.

3부

글자를 품은 나무

도승가(悼蠅歌)

— 파리를 떠나보내며

　거실 창가에 앉아 손톱 옆 까시레기를 깎고 있을 때였다. 어디선가 가녀린 비명과 파르르 날갯짓하는 소리가 들려왔다. 그것은 성대가 있어서 지르는 소리라기보다는 틈새에 끼인 상황이 만들어낸 음색 같았다. 아무튼 난생처음 들어본 암팡진 울음소리의 진원지를 찾아 나섰다.

　월동 준비로 창문에 붙인 에어캡 틈새에 파리가 한 마리 끼여서 살아나려고 몸부림친다. 구해내려다 말았다. 집 안에 파리가 날아다니면 죽이려고 덤비던 일이 다반사이면서도 살려내려고 한 것은 본능인가. 생명이 있는 것의 죽음을 무심하게 지켜보는 게 낯설다. 어디까지의 생명이 소멸될 때 슬퍼해야 하는지 헷갈린다. 풀이 뽑혀 나갈 때, 아니면 나뭇가지가 꺾일 때, 최소한 자발적으로 움직이는 벌레의 죽음부터는 즐기면 안 될 것만 같다. 파리의 목숨이 그야

말로 파리 목숨이었다.

겨울이 되니 문단속을 하는데도 희한하게 파리가 실내로 날아든다. 며칠을 가만히 살펴보았더니 파리는 정정당당하게 현관으로 입장한다. 사람이 들고 날 때 현관문으로 슬쩍 몸을 드밀어 신발장 아래나 천장 가장자리에 숨었다가 미닫이문이 열릴 때 잽싸게 거실 안으로 들어오는 것이 아닌가. 침투 작전이라도 짠 것처럼 지능적이다.

파리의 능력은 상상을 초월한다. 무기를 들지 않았을 때 여기저기 날아다니던 파리가, 파리채만 들면 감쪽같이 사라지는 반사 신경을 보면 인간의 무능과 나약함에 탄식이 난다. 그걸 이겨보겠다고 우스꽝스러운 자세로 파리 모르게 발을 지그재그로 움직여 몰래 걸음으로 다가간다. 그러나 어찌 아는지 파리는 날아가버리고 허무만 남는다. 보란 듯이 손끝으로 날아온 파리가 두 손을 비비며 용서를 구한다. 똑똑한 승(蠅) 선생이 착하기까지 한 것인가.

파리의 얼굴을 한 영화 주인공이 커다란 홑눈과 수많은 낱눈이 모인 겹눈을 한 모양이 떠오른다. 제목은 〈파리 인간〉이다. 볼록렌즈처럼 툭 불거져 나온 낱눈이 정보를 모아 뇌로 전달해 사물을 감지한다. 수천 개의 눈으로 세상을 보는 파리를 두 눈을 가진 사람이 이긴다는 것은 처음부터 욕심이었는지도 모르겠다.

눈가나 입가에 파리가 착륙하면 일일이 손을 뻗쳐 날려 보내는 게 귀찮기가 그지없다. 입으로 바람을 불기도 하고 고개를 흔들어

쫓아내보기도 한다. 점점 신경을 거슬리게 하는 파리에게 약이 바짝 오를 무렵 정약용 선생의 「파리를 조문하다」 글을 읽는다. 아아, 밑도 끝도 없는 귀찮음에 유래한 파리에 대한 증오가 나를 부끄럽게 한다.

순조 때 파리가 극성을 떨며 겨울 혹한에도 기승을 부렸다. 독약까지 써서 없애보려고 했지만 허사였다. 백성들은 처음 보는 광경을 괴변이라 했다. 지난해 기근과 혹한으로 염병이 돌아 수많은 사람이 죽었다. 다산 선생은 죽은 이들의 몸에서 생겨난 구더기가 파리로 자라난 것이니 이는 고통스럽게 죽은 백성들의 환생이라고 여겼다. 소반에 흰쌀밥과 간이 잘 맞는 국을 올려 한 상 차려놓았으니 널리 알려 친지와 친구까지 데리고 와서 배불리 먹으라고 한다. 선생은 '파리야, 강한 독을 지닌 땅벌로 환생하여라. 너의 분노는 하늘을 뒤덮는 벌 떼가 되어 추악한 무리를 엄습하여라.'라며 조문을 마친다.

파리는 더럽고 냄새나는 곳에서 태어난다. 『시경(詩經)』에서는 먹을 것을 찾아 지저분한 곳이라도 가리지 않고 날아드는 파리를 '간신'에 비유했지만, 속사정을 들여다보니 다르게 느껴진다. 먹이사슬의 가장 낮고 외진 자리에서 우뚝하게 높은 곳을 빛나게 한다.

배부르게 살다가 죽을 나를 해체하고 영원히 흙으로 돌아가게 할 분해자를 알아보지 못했을까. 출신에서부터 맡은 소임까지, 분해를 통해 알을 까고 다시 성충이 되는 순환의 고리 한가운데 존재해왔다. 알을 슬어 흙을 비옥하게 하고 이 꽃 저 꽃의 수분을 옮기지만 벌처럼 꽃가루를 빼돌리지도 않는 우직함도 있다. 파리가 아니었다면 세상은 시체와 음식쓰레기로 넘쳐났을지도 모른다. 고마운 파리는 지구의 분해자라는 소명으로 생태계를 지킨다.

다음 날 아침, 커튼을 젖히다가 이승을 떠나버린 파리를 보았다. 사라지는 때와 머무를 때를 아는 염라대왕의 충복이 되었다. 분해되어 다시 돌아온다면 이왕이면 사람으로 환생하라고 조문했다. 더 이상 쓸 수 없는 육신을 티끌로 존재하도록 돕는 파리와의 이별을 어찌 안타까워하지 않겠는가.

도시에서 태어나 자연과는 거리를 두고 살았던 지난날들은 파리에 대한 결벽이었다. 제 발로 자연 속으로 걸어 들어와 벌레들의 서식지를 나눠 쓰면서부터 곤충의 생과 멸의 이유를 눈치챘다. 파리가 아니었다면 바싹 말라버린 분뇨가 어떻게 땅으로 스며들 수 있겠는가. 지구 청소부인 파리를 두고 똥만 제조하는 내가 어찌나 깨끗한 척했는지 적반하장이 아닐 수 없다.

생성하는 인간의 곁에서 소멸을 담당했던 파리는 거대한 구조의 한 축이었음을 부정하지 못하겠다. 어쩌다 창문 틈으로 들어가 비명횡사한 그대의 죽음을 애도(哀悼)한다.

마이 선

런던 북부에 있는 에드먼턴으로 찰스 램을 만나러 가는 길이다. 지하철을 타면 조금 빠르게 가겠지만, 이층버스를 타고 사람 사는 구경을 할 요량으로 천천히 가는 길을 선택했다. 햇살은 눈이 부시고 외곽 변두리 동네는 런던 중심부와는 다르게 흑인들이 많이 보였다.

버스가 토트넘의 화이트 하트 레인 경기장을 지날 때 축구광인 딸이 토트넘의 홈구장이라고 알려주었다. 한창 공사 중이어서 어수선하기만 한데 우리나라 손흥민 선수가 토트넘에 와 있다고 자랑한다. 선수들의 상반신이 들어 있는 거대한 플래카드가 차광막처럼 휘날렸다. 어릴 때 독일을 거쳐 영국으로, 고향을 떠나온 뒤 얼굴을 알리고 있으니 참으로 대견하다.

운동 경기는 결말을 알 수 없는 이야기책 같다. 야구는 선수 한

명이 등판할 때마다 단편 소설을 읽는 기분이다. 저마다 다른 전략 전술로 등판해서 각각의 묘미를 보여준다. 그러나 축구는 상·하로 나누어진 양장본 장편소설을 읽는 것 같다. 경기 시작과 함께 날아오른 공이 선수들의 발을 거쳐 골인으로 연결되니 잠시도 눈을 뗄 수가 없다. 공의 움직임에 따라 클라이맥스를 향해 달려가는 숨 막히는 스토리가 숨에 겨워 아예 책장을 덮어버린 그런 소설책 말이다.

2002년 월드컵 때 국민적 집단 응원전 덕분에 축구의 긴장감에 약간의 흥미를 즐길 줄 알게 되었지만, 진득이 경기를 지켜본 적이 별로 없다. 자기가 보면 질 것 같은 징크스를 가진 사람들이 의외로 많다. 누가 시킨 것도 아닌데 나도 그쪽으로 분류되었다. 가슴만 졸이다가 이겼는지 졌는지만 알아도 충분하다.

집으로 돌아와 갑자기 없던 증세가 나날이 깊어진다. 토트넘 소식을 검색하거나 손 선수의 경기를 챙기게 되었다. 손 선수의 컨디션을 살피고, 태클이라도 당하면 속이 상했다. 경기 결과에 대해 책임감을 느끼는 정도가 감독과 버금가는 정도는 아닐까 싶다. 물론 손 선수도 내 아들이나 마찬가지 같은 생각이 들었다. 문제는 딸밖에 없는 내가 경기 있는 날이 되면 새벽잠을 설쳐가며 아들 타령을 한다. 손 선수가 이역만리 타국에 떨어뜨리고 온 아들처럼 여겨지는 중증의 상황에 맞닥뜨리게 된 것이다.

축구라면 만사를 제치는 영국 시민들 가운데 아들 있는 토트넘

팬들은 '7'번 유니폼을 아들들에게 입힌다. 손 선수가 공격 포인트를 높일 때마다 '쏘니'를 외치는 것은, 집집마다 아이들이 칭찬받을 일이 생기면, '하이고, 내 새끼 칭찬해' 이런 뜻으로 쓰지 않을까. 유독 사내아이들이 '쏘니'의 팬덤을 이루고 있는 것은 손흥민 선수가 '손 씨'의 후예로 태어난 덕분은 아닐까 싶다.

내 자식들은 성인이 되어 독립하고, 때마침 축구선수 손흥민이 내 눈에 꽂혀 없는 아들을 얻었다. 토트넘 경기장에서 축구 경기를 본 것도 아니고, 국내에서라도 직접 가서 관전한 적도 없다. 단지 토트넘 경기장 옆을 버스 타고 지나갔을 뿐인데, 아들처럼 여기기에는 너무나 연관성이 없어 스스로도 어이가 없을 지경이다. 그 경기장을 지날 때 머나먼 타국 중에서도, 축구라면 열 일도 제치는 나라에서, 축구로 인정받으며 국위도 선양하는 그 선수 덕분에 잠깐의 민족 자긍심을 느끼긴 했다. 웬 민족의식인가 하고 화들짝 놀랐던 기억이 이렇게도 긴밀한 가족의 탄생을 안겨주는가. 한국에서 손 선수를 알았다면 손(son)님 같은 귀한 존재로 머물렀겠지만, 영국에서 그가 활약하는 경기장을 본 필연으로 손(SON)은 글자 그대로 아들이 될 수밖에 없는 인연 아닌가.

내 아들같이 여기는 그 선수는 내가 엄마가 된 줄을 꿈에도 모른다. 주변에 나만큼 나이 많은 팬들의 극성스러운 모정에 시달릴 수는 있어도, 어떤 방면에서도 전혀 티를 내지 않고 나만 아는 가족관계가 있다는 것을 그가 어찌 알겠는가. 아무리 참으려 해도 없는 아들 이야기가 불쑥 튀어나온다. 특히 경기가 있을 때는 아들이 아니었던 아들이 활약을 하면 마치 어미가 된 듯 펄쩍 뛰어오른다.

그렇게 탄생한 가족관계 덕분에 손 선수가 골을 넣으면, 딸들이 축하 문자를 보내온다.

"어머니, 아드님께서 골을 넣으셨네요. 축하드립니다."

내게는 아들이지만 딸들에게는 우상인, 이상한 가족이 아닐 수 없다.

특히 손 선수가 월드컵 국가대표 선수로 출전하여 아쉬운 패배를 거듭하면서 눈물을 보일 때는 내 가슴이 찢어지는 것 같았다. 다행히 세계 일등 독일을 이기고, 그 뒤 아시안 게임부터 주장을 맡아 뛰면서 웃는 얼굴이 되었다. 선수가 최선을 다할 때 깊은 감동을 받는다. 프리미어 리그에서 뛰는 그 잘난 손흥민 선수가 예술 드리블을 하며 골대까지 쫓아가도 골을 독점하지 않는 모습이 존경스럽다. 어린 나이의 치기로 자신을 앞세우며 승리를 자신의 것으로 움켜잡으려 할 것 같은데도 그는 그러지 않는다. 공을 적절하게 패스해서 좋은 위치에서 준비된 동료에게 골을 넣도록 한다.

골인한 선수 이전에 어시스트를 한 선수가 있고, 또 그전에 패스를 해준 선수가 있으니, 골인을 한 선수뿐만이 아니라 모두 연결된 협력이 아니라면 절대 슛을 할 수가 없다. 유기적으로 직조된 조직력을 내 아들이 알고 있으니 경기가 어찌 감동이 넘치지 않겠는가. 승부를 향한 집념은 공에서 눈을 떼지 않는 집요함으로, 고함을 질러 시원하게 소통하는 협력과 발재간으로 상대의 혼을 빼놓는 공놀이를 보고 있자면 평소에 놓쳐버린 열정과 도전을 금방이라도 구현해내야겠다는 의지가 생긴다.

오늘은 A매치 경기를 승리로 마감했다. 경기 시작할 때는 내 아들 손 선수가 눈에 들어왔지만, 전반전이 끝나갈 무렵부터는 우리 편 선수 하나하나가 모두 내 아들 같았다. 선수들과 관중들과 국민이 건강한 공동의 적을 두고 한마음으로 응원한다. 이 순간만큼은 거대한 영혼의 합치가 이뤄지고 있는 희귀한 시간이다.

열한 명의 아들들이 빠르게 중원을 휘젓다가 다시 짧은 드리블로 구멍을 찾아 느리게 애태우는 전략에 상대 선수들은 넋을 뺏겨버린다. 예전처럼 몇몇 스타 선수에게 의존하는 국가대표팀이 아니다. 포지션마다 최고의 선수가 배치되어 각각의 기량을 펼치면서도 서로 밀접하게 돕는다. 빠르게 몰아치다가 천천히 공간을 엿보지만, 한시도 공에서 눈을 떼지 않는다. 화려한 기술과 수비와 공격을 넘나들게 하는 전술. 예측하고 상상해보는 전략적 경기 운영 방식이 매우 안정적이라서 보는 나도 든든하기만 하다.

축구 보면서 치킨 먹으면 질 것 같아 끝끝내 식욕을 참아가며 응원하는 사람들이 있다. 나도 마음 졸이면서 손가락 사이로 볼 때가 많다. 결정적일 때 이불 뒤집어썼다가 싱싱한 화면이 아닌 묵은 장면을 보는 어이없는 일도 겪는다. 분명 소파에 앉아 봤는데 정신 차리면 TV 앞에 가 있다. 자석처럼 이끌리는 경기가 끝나면 이기든

지든 다음을 생각하는 용기를 배운다.

우매한 시민을 만들기 위해 생겨난 '3S 정책' 가운데 스포츠에 반하고, 십 대 때부터 빠진 스크린도 나의 일부이다. 아끼는 영화가 여럿 있지만 〈안토니아스 라인〉이 떠오른다. 여성 4대의 강인하고 당당한 삶과 죽음을 보여주는 페미니즘 영화이다. 특히 기억에 남는 부분은 오다가다 도움이 필요한 사람을 받아들여 함께 살아가는 안토니아스의 신개념 가족 구조이다. 반드시 혈연으로 이어진 가족이어야 하거나, 엄마와 아빠가 함께하는 가족이 이상적이라고 배웠다. 하지만 세상은 앞으로 나아가며 생각도 진화해온 모양이다. 내남없이 마음 맞춰 함께 도우며 사는 것이 가족 아닌가.

한 번도 만난 적은 없지만 주기적으로 경기가 열릴 때마다 아들들이 떼로 생기는 이런 구성도 괜찮아 보인다. 손 선수를 비롯한 국가대표 아들들은 말썽을 부려 나를 괴롭히지도 않고, 밥 달라, 돈 달라고 조르지도 않는다. 물론, 내 생일이나 명절에 인사도 안 오고, 안부 전화 한 번 안 해도 평소에 느끼기 어려운 열정을 경기 때마다 발견하게 한다. 경기장을 휘저으며 생의 희, 로, 애, 락을 공부시켜준다. 어디에 이런 가족이 또 있을까.

토트넘을 지나 에드먼턴에 살았던 찰스 램은 평생 누이를 간호하느라 결혼도 하지 않았다. 가족을 이룬 주변 사람들을 의식하며 홀로 외로움을 감내하며 살았다. 찰스 램의 인생이 가엾게 느껴질 때가 많다. 아무리 글로 마음을 달래고 찬란한 문학작품을 남겨도 속없는 허전함은 글로도 채우지 못했을 것만 같다. 나처럼 상대는 모르지만 나만 아는 자식들을 지켜보거나 조금 더 나아가서 배곯고 사랑 고픈 아이 한둘의 대부가 되어, 자라나는 과정을 지켜보았다면 그의 무덤이 덜 쓸쓸해 보였을지도 모르겠다.

사람과 사람 사이는 정붙이기 나름이다. 긴 세월이 흘러도 찰스 램의 글을 읽고 아직도 기념일에는 램의 무덤 앞에 모인 독자들이 그를 기리고 추모한다. 문학가에게 좋은 작품은 영원한 가족을 맺게 해주는 더 없는 도구가 된다.

나는 찰스 램을 존경하는 독자이자 딸이기도 하다.

말과 씀

문학은 언어로 지은 거룩한 집이다. 은근히 내비치는 가르침에 마음이 동하고 이야기 속 인간이 겪는 아픔과 고통은 자신을 되돌아보는 반사경이 된다. 특히나 글을 쓰는 이가 얻는 생의 환희는 읽는 사람보다 갑절은 더 크다. 수많은 생각과 느낌이 들어 있는 글은 마치 인간의 세상과 신의 세계를 연결하는 지혜와 생명의 세계수나무 같다.

초등학교에 다닐 때 우리 사 남매는 밥상머리에서 말 잔치를 벌였다. 부모님은 언제나 재미있게 들어주었다. 경쟁이라도 하듯이 대화하다 보면 언니나 동생들의 말 숲에 내 얘기가 묻혀버린다. 나는 엄마의 양쪽 뺨을 두 손으로 잡고 "내 말씀 좀 들어보세요."라고 말했다. 엄마는 친척들이 모인 자리에서 우스갯소리를 할 때면 "자가 지 말을 말씀이라고 한다."고 놀렸다. 설핏 내 말을 너무 높여서 말씀이라고 한 것이 잘못되었다고 느꼈지만, 다른 표현으로 고쳐 쓰지는 않았다. 오기 비슷한 감정이었을 거다.

사전을 들춰보았다. '말씀'은 남의 말을 높여서 쓰는 말이기도 하지만 자기의 말을 낮추어 이른다고 적혀 있다. 어린 내가 틀리게 한 말은 아니다. 한 낱말이 극과 극으로 쓰인다는 게 신기했다. 포용력으로 대립적인 어법도 다 아우르는 것일까. 높이기도 하고 낮추기도 한다면 굳이 말씀이라고 할 이유가 있을까 싶었다. '말'만으로도 충분한데 굳이 '말씀'이라고 해놓고는 뜻은 높임말과 낮춤말로 쓰는 게 무슨 연유일까.

까닭을 찾아 오랫동안 고민해왔다. 그러다가 부처님 말씀, 예수님 말씀, 대통령 말씀같이 크고 높은 분들의 말을 말씀이라고 부르는 것을 알았다. 예수님과 부처님은 몸으로 고난을 겪으며 인간을 구원하고 깨달음을 주신 분들이니 지금까지 별 이의가 없다. 그런데 탄핵된 대통령은 소극적인 국정 운영에, 말씀은 다른 이가 써서 나라가 발칵 뒤집힌 적이 있었다.

말씀은 '말'과 '씀'을 합친 것이다. 씀은 "쓰다, 쓰이다"의 명사형이다. 무엇이든 쓰임새가 제대로 되어야 바르게 존재한다. 쓰임새와 쓸모가 없는 그릇이나, 땅이나, 사람은 대접받지 못한다. 쓰임이 없이 말만 있는 말은 '허언'이라 하지 않는가.

책을 보다가 어떤 이가 쓴 글에서 '욕심과 집착과 원망을 내려놓고 순응하며 살아가자'는 대목이 눈에 띄었다. 지극히 옳은 내용이지만 감동이 생기지 않는다. 아무리 좋은 말이라 하더라도 사람들의 공감을 끌어내지 못하면 말씀은커녕 말도 못 되는 듯하다. 책에서 만난 무소유의 삶을 살았던 장기려 박사나 간디, 그리고 법정 스님의 말에는 가식이 느껴지지 않는다. 그 이유는 실제 그들의 삶과 말씀이 같기 때문이리라.

말씀은 바로 언행이 일치할 때 쓰는 말이구나! 한글의 '말씀'을 한자로는 '언행(言行)'이라고 하지 않는가. 언(言)에 행(行)이 따르고 행(行)에 언(言)이 앞서듯이 선후가 있으면, 좌우가 있다. 뒷바퀴는 앞바퀴를 따른다. 내용에 맞는 쓰임새가 깔려 있기에 '말'의 '씀'이라 할 수 있을 게다. 부족한 내가 하는 말씀도 반드시 내 말에 책임을 져야 한다는 고귀한 궁리에 이르렀다.

어린 시절, 세계 위인전집에서 읽은 슈바이처의 훌륭한 업적이 떠오른다. 아프리카 랑바레네에 병원을 세우고, 평생 비참한 생활을 하던 사람들을 돌보았다. 가난하고 병든 이들을 위해 은혜를 베푸는 언행이었다.

어른이 되어 읽은 닥터 노먼 베쑨도 남달랐다. 의사로서 치료하고 진단해야 할 병은 환자의 몸에만 있다고 생각하지 않았다. 의료시설을 개선하고 중국인들에게 의술을 가르쳤다. 그의 따뜻한 인간애는 중국혁명도 정면으로 맞닥뜨린다. 혁명가들뿐만 아니라 적의 목숨까지 구하다가 결국 전장에서 죽음을 맞는다. 노먼 베쑨은 아는 것과 삶이 일치하는 진정한 휴머니스트였다. 누구를 위해서라기보다 처한 상황을 피하지 않고 민중과 함께하는 많은 사람 가운데 한 사람이었다. 그는 언행보다는 '씀'이 앞서는 행언(行言)의 의사였다.

하루 동안 얼마나 많은 말을 주고받을까. 비눗방울처럼 흩어져 버리는 것은 그냥 하는 '말'이다. 웃고 떠들면 후련하다고 말하며, 있는 말 없는 말을 털어낸다. 재미는 있지만 그것뿐이다. 상대방의 동의를 얻어내기 위해서는 호소력 있는 말씀이 필요하다. 촌부가 던진 실없는 한마디라도 그 뜻이 마음을 흔든다면 평생을 허리 굽혀 일군 노동이 배어 있기 때문일 것이다. 카잔차키스가 "내 말은 종이로 만들어진 것들에 지나지 않았다. 내 말들은 머리에서 나오는 것이어서 피 한 방울 묻지 않은 것이었다. 말에 어떤 가치가 있다면 그것은 그 말이 품고 있는 핏방울로 가늠될 수 있으리."라고 한 것을 보면.

어쩌면 말씀이란 말을 쓴다는 뜻은 아닐까. 말을 말로 끝내지 않고 획을 그은 글자가 모양을 이룰 때 '씀'으로 완성된다. 작은 야사(野史)에서 큰 정사(正史)까지 씀으로써 기록으로 남는다. 입에서 입으로 구전되던 판소리 〈춘향전〉이 글자로 다시 쓰여 독서물이 되었다. 바람결에 날아가버리는 말을 붙잡아 종이 위에 꼭꼭 달아매어 글자가 되면 사람들의 영혼에 불이 켜진다. 누군가 말을 씀으로써 문학은 점점 풍성해졌다. '씀'은 '쓰기의 역사'를 품고 있는 듯하다.

주워 담을 수 없는 언어를 수집하는 사람이 작가이다. 글을 잇고, 말을 쌓고, 삶을 일구는 이들은 말씀 앞에서 겸손해져야 한다. 문학의 식재료는 언어이며, 실천과 기록이 조합할 때 문학은 완성을 이룬다. 출산해버린 말의 자식들 앞에, 한 치의 부끄러움이 없어야 글을 읽는 이들의 가슴에 말씀으로 남으리라.

　말은 많고 씀이 적은 내가 말씀 앞에 가만히 조아린다.

점등인이 켜는 별

오리정 별사

　반보기 하러 가는 길. 어머니를 태운 버스가 낯선 도시 터미널로 들어선다. 친정과 내가 사는 곳 중간쯤에서 만나 반나절 동안 손깍지를 낀 채 강둑 길을 거닌다. 일곱 가지 묵나물과 찰밥을 싸 들고 온 어머니는 내가 한술 뜰 때마다 입꼬리가 슬며시 올라간다.

　떠나보내는 것은 마음을 연마하는 일이다. 수없는 이별을 경험하고 많은 작별을 감내하더라도 생사일여에 익숙해지는 건 쉽지 않다. 헤어짐이라는 상처를 통해 새살이 돋게 되므로 결별은 인생의 교과서라 할 수 있다. 인간은 크고 작은 별리를 겪고 나서야 죽음을 의연하게 맞이하게 된다.

　세계를 덮친 전염병으로 숱한 사람들이 소중한 가족과 이웃을 떠나보냈다. 죽음의 그림자를 몇 년째 가까이 대하면서 만날 수 없게 되었다. 아쉬움과 그리움이 커져만 간다. 영상통화나 문자로 소식을 주고받아도 직접 대하는 것에 비하면 어쩐지 현실감이 떨어진다. 언제 코로나로 인한 생이별이 끝날까. 만나자 헤어지고, 정들자 이별이라더니 인생이라는 게 만남과 이별의 연속이라 할 만하다.

이러한 이별을 준비하게 하는 장소가 있으면 어떨까. 조선 시대 사방팔방에 있었다던 오리정(五里亭)이 생각난다. 오리정은 그 당시 만남과 이별의 장소였다. 관아에 드나드는 벼슬아치나 특별한 손님이 오갈 때면 이 킬로미터 정도 떨어진 정자에 나가 손님을 마중했다. 헤어져야 할 때는 보내는 자와 떠나는 자가 그곳에서 이별의 술잔을 나누며 배웅했다. 그 길을 함께 걸으며 못다 한 정을 나누고, 안타깝고 아쉬운 마음을 다잡았다. 문득 불시에 들이닥친 생리사별(生離死別)의 혼란을 줄였다. 오리정에 올라 얼굴을 마주하고 앉으면 무슨 말이 구태여 필요할까. 새소리, 바람 소리가 그들의 깊고도 깊은 석별의 말마중을 대신해준다. 그들은 고개를 끄덕이며 서로의 마음을 헤아리고 표정만으로 아픔을 읽어내었다. 말이 아니라 눈으로 이야기를 한다. 아련하게 흉금을 풀어내며 안타까움을 잠재우고 이별의 서운함도 가라앉혔을 것이다.

고요한 나라에 오리정만 수백 개가 되었다고 전해온다. 나란히 걷고 마주하여 헤어지는 서운함을 오리정으로 낭만화시키는 까닭은 정(情)이라는 인간 본성을 오래도록 잊지 않기 위해서였을 게다. 낭만적이면서 기품 있는 조상의 문화유산인 오리정이 일제강

점기를 지나면서 사라져버렸다. 남김없이 오리정을 없앴지만, 사람의 마음속 오리정은 빼앗지도 허물지도 못한다. 그때의 정취를 되살리기 위해 웬만한 도시에서는 오리길, 오리교, 오리동이라는 이름을 지어 붙인다. 나는 읍내 오리정 사거리를 지나면 정말 떠나는가 싶고, 돌아오면 드디어 집이 가까워졌다는 안도감에 젖곤 한다.

성춘향과 이몽룡이 헤어졌던 남원에 오리정이 복원되었다. 슬픔을 위한 자리이니 이별할지언정 나름대로 순서를 밟고 싶었나 보다. 몽룡을 떠나보낼 춘향은 애간장이 끊어지도록 이별가를 부른다. "풋고추 절이 김치 문어 전복 곁들이고, 황소주에 꿀을 타, 향단이 들려 오리정으로 간다"라는 풍경이 출인가(出人歌)에 수록된 걸 보면 결별의 한을 누르고 먼 길 떠나는 임을 위해 술상을 차린 정성이 눈에 선하다. 그래도 흘린 눈물은 방죽이 되고, 몽룡의 뒤를 쫓아가다 벗겨진 버선 자리는 버선밭이 되었다 하니, 이별은 그만큼 혼을 빼앗는 모양이다.

이별이 어렵다는 걸 일찌감치 알아버렸다. 초등생이던 언니와 나는 밤이 이슥하도록 옆 동네 친척 집에 마실 갔다. 친척 언니는 헤어지는 게 아쉬워 우리 집 앞까지 배웅해주고, 우린 언니를 혼자 보내는 것이 염려되어 다시 친척 집으로 돌아갔다. 그렇게 오고 가고 오고 가고 하다 보면 어른들이 끼어들어 "밤새 왔다 갔다 할 거냐!" 하고 호통을 쳤다. 아버지의 목소리에는 꾸중이 아니라 인생에서 일어날 이별의 아픔을 미리 일러주는 어조가 배어 있었다.

어떤 이별이든 두렵고 아프다. 달 밝은 밤길을 몇 차례나 오간 아쉬움도, 피 끓는 연인들의 이별도 가슴을 아리게 하고, 앞으로의 정체 모를 이별까지 소환하면 한시도 걱정을 놓을 수 없다. 날마다 찬란한 이별을 보여주는 석양이 저물고 나면 검은 하늘에 박힌 별과 달은 새벽 여명과 등진다. 막 망울을 터뜨린 꽃도 봄바람에 실려 떠나가 버릴 터. 무수한 이별 앞에서 무한한 것은 세상 어디에도 없다. 토막 난 '하루'는 붙잡을 수 없는 '오늘' 앞에 차곡차곡 쌓여 마지막 '오늘'이 오면 누구든 자신의 이별을 맞이하게 되리라.

키케로는 "죽는 방법을 배우는 것이 철학이다."라는 말을 남겼다. 밥도, 돈도 나오지 않는 철학에 사람들이 귀를 기울이는 것은 잠매(潛寐)의 이별을 대비하고 싶어서가 아닐까. 날마다 헤어지는 일은 내일 다시 만날 희망이 있기에 가능하지만, 영원히 만나지 못하는 절명(絶命) 앞에 서면 상황이 달라진다. 죽음의 예행 연습이 필요한 이유는 누구나 가야 할 길이지만 아무도 가보지 못하기 때문일 것이다.

오리정의 흔적이 사람의 행동에 남아 있다. 귀한 손님을 맞이하기 위해 버선발로 쫓아 나가고, 삽짝까지 따라 나가 배웅하지만, 쉽게 돌아서지 못하고 애꿎은 길바닥만 툭툭 걷어찬다. 이렇듯 작은 이별에서도 마음의 오리정을 세우는 것은 작별에 따른 허전함을 메우기 위한 것이 아니라, 언젠가 자신도 삶의 마지막 오리정 과객이 될 것을 예감하기 때문이다. 문득, 죽마고우를 떠나보낸 뒤, 뒷짐을 지고 먼 산을 올려다보던 할아버지 등에서 읽었던 허무가 눈에 선하다. 그때 할아버지는 오리정이 없었음을 얼마나 애통해하셨을까.

고려 시인 정지상은 「송인(送人)」을 지었다. "비 갠 언덕 위 풀빛은 더욱 푸른데, 남포에서 임 보내는 구슬픈 노래. 대동강 물이야 언제가 되어야 마르리, 해마다 이별 눈물을 보태는 것을." 예나 지금이나 이별의 정서는 애틋하기만 하다.

마당 귀퉁이에는 반려견이 산다. 대문을 들고나는 이들을 한걸음 당겨 맞이하고 뒤늦게까지 배웅하기를 다반사로 여기며 어느새 열한 살을 훌쩍 넘겼다. 건강한 마당개는 겨울에는 식욕이 넘치고, 날씨가 풀리면 소식(小食)을 한다. 그런데 요즘 부쩍 아침에 준 사료가 점심에도 굴러다닌다. 햇살 아래 널브러져 누가 오가는지 상관없이 낮잠에 빠져 있다. 어디 아픈 데가 있나 걱정되고 며칠 이어지면 가슴이 덜컥 내려앉는다. 사람이나 짐승이나 마음속에 오리정을 지으면 작별을 예감하게 되는가. 만남이 있으면 헤어짐이 있는 것이 진리인데도 받아들이기는 쉽지 않다.

중책을 맡은 고을 수령이 각오를 다짐하듯 오리정을 세우기로 한다. 남을 위한 것이더냐, 나를 위한 것이더냐를 묻지 않고 오리정을 짓는다. 부모를 위해 초석을 놓고, 정인을 위해 기둥을 세우고, 형제를 위해 난간을 두르고, 자식을 위해 지붕을 얹는다. 마지막으

로 친구들을 위해 마루를 깐다. 그 위에 맑은 술상을 차린다. 만나
고 헤어짐을 풍류로 끌어올리면 그나마 작별의 아픔이 줄어들려나.

점등인이 켜는 별

글자를 품은 나무

'또르륵 딱, 또르륵 딱' 목탁 소리가 정적을 깨운다. 그 울림은 한 순간도 놓치지 말라는 물고기의 부릅뜬 눈이 되어 나를 붙잡는다. 지금 여기, 동서고금을 오가는 망상에 이끌려 다녀도 오로지 알아 차린다. 다만, 그뿐이다. 천 년 전, 그날의 목공들도 그러했으리라.

나무는 수직의 본성을 거슬러 수평으로 자리에 누웠다. 몸을 맡긴 곳은 바다다. 낮은 곳으로 흘러 와 평평한 진리를 만드는 바다. 산벚나무는 바닷물에 이 년, 바람결에 일 년을 보낸다. 온전히 제 몸을 짠물에 맡겨 남은 우외 것을 짜낸다. 부는 바람에도 마지막 남은 진액조차 날려 보내고 나서야 몸을 바꾼다.

목판에 조각칼을 대면 도르르 말려 튀어나가는 나무 밥이 산을 이루었다. 조각칼 거머쥔 손에는 인고의 자국이 깊어지고, 한 글자 한 글자 새겨질 때마다 목공들 마음속의 백팔번뇌도 고요해져갔을 것이다. '해인(海印)' 바다의 풍랑이 잠들고 삼라만상의 윤회가 새 인연의 도장을 찍는다. 고려인들은 혼란에 빠진 나라를 구하기 위해 피로 맞서지 않았다. 누이와 오라비가 쓰러져가도 끝내 창칼을 들지 않았다. 대장경은 거란과 몽고의 침입에 부처의 힘을 빌려 오랑캐를 물리치려고 만들었다. 지키려는 자와 빼앗으려는 자의 충돌은 죽음을 낳게 마련이다. 평화는 늘 갈망 속에서만 존재하는 것일까?

알함브라 궁전의 마지막 왕 보압딜. '레콩키스타(스페인 재탈환)' 당시에 이사벨 여왕에게 전쟁 없이 알함브라를 내어준 군주이다. 아름다운 알함브라를 내어주고 모로코로 망명을 떠나는 그의 등 자락을 안달루시아의 붉은 흙과 노을이 함께 부둥켜안고 눈물 흘렸다. 승리의 환희보다 피 흘리지 않고 내어주는 패배가 헤네랄리페 정원보다 아름답다. 그러나 내어주지 않고 지킨 고려인들의 정신 자세는 승리보다도, 포기보다도 더 숭고해 보인다. 고려의 선한 백성들의 등짐에 얹힌 나무는 평화를 만들려고 한 줄로 흙길을 잇고 나아갔다. 백성들의 마음도 하나로 모아졌다. 이러한 고려인을 어찌 숭배하지 않을 수 있으랴.

새벽 예불 시간, 가사장삼 휘날리며 법고를 치는 젊은 승려는 마음의 길을 따라 두 팔로 '두둥둥' 북소리를 연다. 대웅전을 가득 메운 스님들의 독경 소리, '시방삼세 제망찰해~' 예불하는 소리가 새벽 산을 넘는다. 하늘이 내린 본능을 불성으로 녹여내려는 젊은 스님들의 힘찬 소리가 시린 마룻바닥을 덮힌다. 새벽 어둠 따라 소리는 골짜기로 퍼져 밤길 도와 산길을 헤매는 산짐승의 야성을 잠재울까? 보랏빛 여명을 머리에 이고 고려 아낙의 치맛자락 설핏 들어 명상의 길 사뿐사뿐 내딛는 듯, 두 손 합장하고 천천히 걷는다. 내 발걸음 속 상처 입은 미물들의 아우성조차 덮어버리고 안으로 안으로 침잠한다.

고통도 즐거움도 하나인 줄 알아 어디에도 끄달림이 없었다. 부처의 공덕을 게송하면서 해인도를 따라 걸으면 미로를 쉰네 번 꺾어 돌아 깨달음에 이른다. 아뿔싸! 그곳은 처음 출발한 그 자리다. 지금 내가 서 있는 자리가 극락이요 불국토이다. 진리는 늘 지름길에 있지 않았다.

경내를 돌아 아흠한 밝기의 고아한 석등을 지난다. 강원의 파르라니 깎은 젊은 스님들의 묵직한 묵언수행은 울력으로 나풀거리는 듯 가볍다. 가없는 부러움과 애잔함이 잠시 스쳐 다시 내 안을 살핀다.

발원에서 회향까지 십수 년, 끝이 보이지 않는 세월이다. 누가 그 끝을 알려고 했다면 한 걸음조차 내딛지 못했을 것이다. 목공의 나무 미는 백지장 소리가 함박눈 켜켜이 쌓이듯 사각거린다. 그 소리가 상금도 들리는 듯하다.

　　　　　　　　　　　글자를 품은 나무

모든 것이 공한 줄 알아 실체에 매이지 않아야 한다고 했다. 칼과 창을 들고 싸우는 대신 마음의 염원을 담은 대장경의 금빛 활자가 춤을 춘다. 긴 세월을 지나보내고도 현재의 눈을 그대로 담은 과거라니……. 천년이 무색하다. 예술의 경지는 시공을 초월하여 한결같아 보인다는 것에 소름이 돋게 한다.

가야 할 먼 길, 그 길이 있었으니 세월처럼 굽이쳐 흐르는 홍류동을 따라 대장경의 대장정은 마침내 마침표를 찍는다.

가야산 해인사 깊은 산속에 보름달이 차갑게 떠 있다. 달의 인력은 바닷물을 당긴다. 불이문을 지나면 검푸르게 부풀어 오른 해인(海印)의 바다가 있다.

대장경이 몸을 맡긴 천혜의 공간, 장경각에 핀 연꽃 문을 넘는다. 직선과 곡선이 아우러진 문틀에 대웅전 기와 처마가 그림자를 펼치면 한 송이 연꽃이 피어난다. 빛과 바람의 집은 오랜 세월 켜켜이 줄을 맞춰 꽂힌 대장경을 그러안고 있다. 고목 빛깔의 목판은 가로로 선(線)을 이루고, 세로의 빛은 창살을 넘어 들어와 목판과 합치된다. 천 년의 바람과 햇빛은 경판의 습기를 말리고 온도에 널뛰지 않도록 제 할 일을 해왔다.

마침내 평화의 산물 대장경을 만난다. 보드라운 풀이 짓이겨져서 풀물이 뚝뚝 떨어져도 질긴 생명력을 놓지 않아서 만난 것이다.

점등인이 켜는 별

수없이 외세의 침입을 당해도 끈질기게 살아온 민족이다. 산다는 것, 그 절대적 진리 앞에 대장경은 평화의 방편이 되었다.

싸우지 않고 얻어낸 평화가 참으로 가치롭다. 창칼은 녹아서 보습으로 가고, 그날의 겪은 일을 기록으로 새기는 민족, 이야기의 심성을 가진 세월, 고려인의 평화로운 이데아는 죽어도 살아 있다.

어제의 장경판과 오늘의 고고한 소나무가 산객을 맞이하는 오랜 마음의 성지에 한 줄기 바람이 옷자락을 스치며 지나간다. 돌아 나올 때 풍경 소리 울리면 뭇 중생들의 마음속에도 평화의 종소리가 댕댕 들려올 것만 같다.

팔만대장경, 경 율 논을 품은 나무가 금빛의 활자로 빛난다. 그 말씀 따라 오늘의 중생들은 비워내고 있구나!

죽비 소리, 깨어나는 순간의 소리, 생각의 끝을 잡고 이리저리 끌려 다니다가 그 소리에 나는 다시 지금을 연다.

글자를 품은 나무

웃는 문

단절의 틈바구니 안에는 소통이 존재한다. 아무리 높은 담이 둘러쳐져 있더라도 열린 문이 있을 거라는 희망을 놓지 않는다. 문이 열린다. 돌쩌귀에 불이 나듯 드나드는 사람이 많기도 하다.

행랑채 지붕을 어깨 삼아 계급장이라도 단 듯, 힘을 잔뜩 준 솟을대문이 반듯하게 서 있다. 하늘과 교신이라도 하는지 도드라진 지붕을 이고 굳게 닫은 문은 옹벽처럼 근엄하기 짝이 없다. 새벽 댓바람부터 복을 들이기 위해 제일 먼저 행랑아범이 대문을 열어젖히고 싸리나무 자국이 매섭게 나도록 흙 마당을 쓸어댔을 것이다.

조선시대 양반가의 모습을 한 고택을 들어선다. 팔작지붕의 큰 사랑채가 우뚝하니 들문을 펼치며 앉아 있고, 작은 사랑채 뜰을 지나면 ㅁ자 모양으로 안채가 안온하게 자리 잡았다. 솟을대문에 홍살을 설치했고, 안채 대청마루에는 세살문 위에 빗살무늬의 교창이

부유하고 화려했던 과거를 머금은 채 지금까지 이어진다.

'이리 오너라' 체면치레로 소리 지를 일 없이 들어선 마당에는 사랑 마당의 내외담을 돌아 안채의 문이 살짝 열려 있다. 양쪽에 빈지로 벽을 두른 평대문이 얌전하다. 대문 가장자리로 문얼굴이 훤하다. 문머리는 느긋하게 아래를 굽어보고 문지방은 아래로 휘어져 살포시 웃고 있는 모양 같다. 그 문을 밀면 아마도 웃는 소리가 '끼익' 하고 났을지도 모른다. 혹여 소리가 나지 않았다 해도 괜찮다. 그것은 문지방이 초승달처럼 조용히 입꼬리를 올리고 미소 짓는 것일 테니까.

안마당 깊숙이 꽃담으로 이어지는 작은 샛문은 사랑채 툇마루와 통한다. 사랑에서 안으로 드나들 때 은밀하게 다니기 위한 비밀의 문이 정답다. 남녀가 주변 사람들의 눈을 피해 정을 쌓고 소통하는 길을 쪽문 하나로 열어두었으니 아무리 무심하게 포장해도 주인마님 마음은 안방마님으로 향한다.

별당에 달린 중문은 부드러워지면 오히려 낭패다. 돌쩌귀를 뻑뻑하게 만져놓는다. 문설주와 문짝의 암짝, 수짝 쇠붙이조차도 틈 없이 조여서 언제든 '삐이걱' 소리 내어 웃도록 했다. 구중궁궐 같은 별당 아씨가 지내는 곳을 아무나 드나드는 것을 막기 위한 조치였다. 문이 소리 내어 웃으면 어미 아비 신경이 별채로 기울었으리라.

안방 문을 밀어젖힌다. 연다는 것은 밖을 향해 민다는 뜻이다.

방 안에 고여 있던 나쁜 기운은 문이 밀릴 때 밖으로 딸려 나간다. 유독 방에 달린 문만은 안에서는 밀문이고, 밖에서는 당길문이 된 까닭이다. 안방 여닫이문 안 벽 속으로 들어가는 미닫이문은 두껍 닫이 문이다. 솟을대문은 집 안쪽에서 당겨 연다. 천지의 좋은 기운 과 함께 바깥의 복을 끌어들이기 위해서다. 이른 아침 눈뜨면 지체 없이 이 문 저 문을 소통하기 바쁘다. 식솔들의 건강과 집안의 안녕 을 기원하는 도구로 닫힘과 열림을 업으로 삼는 대문이 제격이 아 닐 수 없다.

길의 시작과 끝에 닿으면 문을 만난다. 어느 집의 대문이라도 출 발이자 도착을 상징하며 생의 흔적이 되었다. 경계에 선 흔들리는 누군가는 세파를 향해 과감히 뚫고 나섰으며, 겁먹은 사람의 용기 를 다시 한번 다잡는 자리에 문이 있었다. 망설이는 경계에서 한발 자국 내딛기에는 문이 안성맞춤이었다. 안으로 들어찬 시선을 바깥 세상으로 옮겨야 나와 우리의 세계를 완성하는 일이 될 것이다.

문이 닫히면 답답하고 궁금해진다. 살짝 열린 대문으로 보일 듯 말 듯 하는 여유야말로 비밀스럽지만, 대충 알아차리고 나면 더는 특별난 것도 없고 호기심도 사라지는 법이다. 보는 자와 보이는 자 에게는 비로소 편안하고 너그러워지는 일상이 자리 잡을 게다. 입 과 마음을 닫듯이 굳게 잠긴 문 앞에서는 막막해진다. 정호승 시인 은 '열면 창문이 되지만 닫으면 벽'이라고 하지 않던가. 단절이 부 르는 괴리는 서로를 불신하게 한다. 오고가는 흐름이 끊긴 공간은 보이지 않는 철벽을 쌓고 있을지도 모른다. 담장이 높고 문이 철옹성 같을수록 넘으려는 사람이 생기기 마련이다. 낮은 울타리와 자유로운 문은 애써 열려고 하지 않아도 되니 억지가 자리 잡기 어려워 보인다.

고택과는 다르게 도시의 아파트 현관에 달린 출입문은 밖으로 미는 여닫이문이다. 초인종이 울리면 문이 밖으로 밀려 나와 바깥에 서 있던 사람이 뒤로 주춤 물러선다. 후퇴해야 전진을 할 수 있는 문이다. 웃지 못하는 철문이 함구하고 있다면 누구나 쉽게 들어가고 싶다는 생각을 하기 어려울 게다. 아무리 좋은 원기도 문이 밀릴 때 거부당하고 나서야 간신히 남은 에너지를 집 안으로 들이밀 것 같다. 옛날과 지금의 문이 당기고 미는 방식이 달라진 까닭이 무엇일까. 예전의 문들이 열기 위한 문이었다면, 지금의 문은 닫기 위해서 만들어진 이유가 아닐까.

웃는 문만 있었던 건 아니다. 때로는 문이 벼락같이 화를 내는 것을 기억한다. 식구 중에 누구라도 귀가하지 않으면 밤바람이 온 집 안을 훑고 다녀도 대문을 닫지 못했다. 삐죽이 열린 문으로 늦게라도 들어온다면 다행이다. 증조할아버지의 사랑채는 기침 소리와 함께 노여움이 묻은 방문이 벽을 튕기며 불호령을 친다. 문고리도 무서워 덜덜 떤다. 문이 곧 살고 있는 이들의 정신이기도 하다.

문을 여는 걸쇠는 내부에 달려 있다. 마음을 열어젖히는 손잡이가 내 안에 있다는 것을 문을 보고 비로소 알아차린다. 닫힌 문을 여는 순간 고립에서 벗어난다. 햇살과 눈 마주치고, 바람이 쓰다듬어주고, 날아가는 새들이 아는 척하고, 꼬리 흔드는 강아지가 반겨준다. 열매가 열리는 것과 마음이 열리는 일은 오랜 인고가 필요해서 같은 낱말을 쓰고 있지나 않은지 모르겠다. 어느새 인기척 소리를 내며 다가오는 사람이 있다. 문을 열고 가만히 기다린다.

고택의 삶의 안쪽을 들여다보면 빙긋이 웃는 문지방이 안채와 사랑 마당 사이에 드러누워 있다. 생활의 외곽을 구분 짓고 있지만 문턱도 없는 솟을대문이 마을을 바라보며 시원하게 웃는다. 사람을 반기는 문은 그 집 주인의 얼굴 모양과 닮았다.

문처럼 열고 닫기를 자유롭게 한다면 얼마나 좋을까. 사람과 짐승과 모든 생명 있는 것들에게 문을 활짝 열어 맞이하고, 근심과 미움과 경쟁과 배제가 몰려들면 문을 철컥 닫아버리고 싶다.

만년 과자

궁금하면 장 구경을 간다. 장터는 무에서 유를 만든 호모 코뮤니타스(공동체 인간)의 흔적을 기록하는 전시장 같다. 수북하게 쌓인 과자 전에는 사람들로 북적인다.

지나가는 사람에게 과자를 먹이는 상인의 돈주머니는 배가 부르다. 원통 모양이나 부채꼴 전병, 알록달록한 과자를 한 봉지 산다. 과자 한 조각을 심심하던 입에 넣으니 눈이 뜨인다. 붉은 페인트로 양철판에 휘갈겨 쓴 '전통 과자'라는 간판이 보인다. 전통 과자에는 '전통'은 없고 '과자'만 있다. 내게 전통 과자는 오로지 '빙사강정'뿐이다.

청혼 편지에 이어 허혼 답장이 가니 어머니의 일상은 허둥지둥거린다. 밤이면 상 위에 찹쌀을 펼쳐놓고 금이 가거나 실하지 못한 쌀알들을 골라내었다. 어머니의 돋보기는 콧잔등을 오르내리기 바빻다. 곱게 빻은 찹쌀가루는 잘 반죽해서 단지 안에서 일주일을 삭힌다. 다른 집의 유과나 강정은 삭히는 과정 없이 반죽을 모양대로 말려서 기름에 튀긴다. 그러나 현대를 살고 있는 어머니는 왜 그렇게 전통을 고집하며 보태고 늘리고 돌아서 어렵고 느린 길을 가려는지 몰랐다.

쇠락한 집안에 가난의 남루한 옷을 입은 채 봉제사 접빈객에 정성을 쏟는 어머니가 내 눈에는 어리석어 보였다. 참고 덮는 것은 자신을 잃어버리고 당당하지 못한 인생을 사는 것 같았다. 노력에 비해 얻는 것도 없고 쉽거나 편하지도 않은 일에 매달리는 어머니의 모습이 안타까웠다.

며칠 만에 단지 뚜껑을 여니 찹쌀 반죽에서 고약한 냄새가 코를 찌른다. 어머니는 이미 썩어버린 것처럼 거뭇거뭇한 찹쌀 반죽을 요리조리 절굿공이로 찧어댔다. 단지를 부여안고 절구질을 한 지 한참이 지났다. 반죽은 거짓말처럼 투명해졌다. 작은 기포가 '뽁뽁' 터지는 소리가 났다. 읍내 다방 레지가 현란하게 씹어대는 껌 씹는 소리 같았다. 경쾌했다.

살아 있는 반죽을 손가락 한 마디 크기로 똑똑 잘라 일주일 정도 말린다. 어머니는 바깥에 나갔다가 들어와도, 자다가도 일어나서, 무슨 일을 하더라도 결국은 마루 끝에 널린 반죽이 잘 마르는지 들여다보았다. 어머니의 손끝에서 반죽은 이리저리 자리를 바꾸고 안이 밖이 되고 밖이 안이 되었다. 장 씨 부인도『음식디미방』에서 "아이가 바둑 두듯 낱낱이 뒤집어놓아 쉴 사이 없이 뒤집다가 양쪽이 다 굳어서 붙지 않도록 오래 말린다."라고 하였다. 빙사강정은 그렇게 손에서 손으로 이어졌다. 나는 어머니의 무참한 노동을 보니 시집가는 것이 민망했다. 준비할 것은 천 가지 만 가지였다. 빙사강정 하나 만드는 것만 봐도 보통 일이 아니었다. 이렇게까지 어머니를 고달프게 하며 가는 시집이 밑지고 가는 것 같아 심술이 나기도 했다.

고려 때는 강정의 인기가 최고였다. 공주들이 시집갈 때 빙사강정은 혼수품에서 빠지지 않았다고 한다. 공주처럼 자란 친구들은 이바지 음식으로 화려하고 예쁘게 만들어놓은 한과와 유과를 썼다. 살아보니 보석의 무게가 얼마나 무거운지, 부모의 등골이 휘도록 정성을 기울였는지는 결혼 생활의 행복을 키우는 데 마법의 지팡이가 되지 못했다.

자갈길을 덜컹거리며 달리는 수레는 심하게 제 몸을 흔들며 간신히 앞으로 나아갔다. 서로 의지하며 중심을 잡으려는 아이들의 시선을 외면한 채, 우리 부부의 인생 수레는 운전 미숙으로 안전 운행이 어려웠다.

수십 년 전, 혼사 판에 모인 하객들이 마침맞게 혼인하는 양가를 보고 희한하다 했다. 윗대 조상 대대로 서로 사랑채를 오가며 바둑을 두고 시를 읊으며 우정을 나누었다는 이야기를 들었다. 사람들은 우리가 자석처럼 서로에게 이끌리어 결혼까지 한 까닭이 조상의 은덕이라며 입방아를 찧었다. 우리 사이가 악취를 풍기며 부패했다면 조상 탓이 되었을 거다. 잘 발효되어 쇼펜하우어의 고슴도치 딜레마처럼, 가까이 있되 서로를 찌르지 않게 되었다면 조상 덕이라 여겼으리라.

서로 다르게 살다가 남의 집에 억지 식구가 된 듯 이물거리는 마음은 나만이 아니었다. 그렇게 이 집안과 저쪽 집안은 숨고르기를 하며 조금씩 풍선을 부풀리듯 시나브로 가족이 되어갔다. 세월이 쌓이면서 느는 주름살만큼 남편과 나도 가슴 저 깊은 곳에서 삭인 마음은 잘 숙성되어갔다. 그냥, 하루와 오늘이 발효의 종자가 되었다. 어머니가 살았듯이 그리고 할머니도 그렇듯이 증조할머니로 거슬러 올라가는 아내이자 어머니였던 여인들의 일대기가 나를 숙성시켜주었으리라.

반죽이 바짝 마르면 기름 솥으로 들어간다. 알맞은 온도에서 잠시 자글자글 숨을 쉬는 듯했다. 기우뚱하며 몸을 한껏 부풀린다. 작고 딱딱한 반죽은 뭉실뭉실 구름 모양, 막대 모양, 도넛 모양으로 커진다. 신비롭게도 반죽을 다 튀겨도 기름은 그대로 남는다. 반죽 속에서 사랑을 증식했던 착한 균이 요술을 부렸기 때문이다. 보통의 강정은 기름이 스며들어 몸을 부풀린다. 어머니의 빙사강정은 기름을 먹지 않고도 감쪽같이 모양을 바꾼다. 성숙한 것은 상대에게 의존하지 않고 홀로 선다는 것을 숙성한 반죽이 알려주는 듯하다.

점등인이 켜는 별

기름에 튀긴 강정을 직접 고은 조청에 '달까불 달까불' 섞어서 치자 물들인 고운 고물을 입힌다. 태상 음식으로, 고귀한 손님상에도 명절이나 제사에 두루두루 쓰이는 빙사강정이 된다. 바사삭 한 입 베어 물면 달달하고 부드럽게 입안으로 스며든다. 서릿발 같은 시어머니의 마음도 강정처럼 사르르 녹듯이, 어머니는 봄바람 같은 시집살이를 염원해서 그리도 고된 길을 걸었을까. 입맛의 추억은 회귀하는 연어의 기억과도 흡사하다. 시집가는 딸이 진창길보다 꽃길을 가길 바라는 세상의 어머니들은 그렇게 몸으로 친정의 마지막 기억을 새겨주었다.

한때는 싱싱했지만, 지금은 시들어버린 여인들은 다시 무르익어가는 세상의 딸들을 위로한다. 제 속에서 나서 제 품으로 키운 여식을 떠나보내는 서글픈 소리를 잠재우려고 골똘하게 몰입하는 고요한 몸짓이었다.

느린 음식은 일종의 기도가 아닐까. 빠른 길을 두고 먼 길로 돌아가는 것은 생각할 것이 있어서 그럴지도 모른다. 길의 끝까지 맞잡은 두 손을 놓치지 않길 바라는 기도가 소통의 말 없는 행동이었을 것도 같다. 나는 너를 만났고, 수없이 많은 우리들이 만든 것은 사회이다. 그 속에서 버지니아 울프는 페미니즘의 이상을 세웠고, 어머니는 부엌에서 강정을 만들었다. 천년의 빙사강정은 유장한 호흡으로 여기저기에서 온통 울긋불긋한 꽃으로 피어난다.

세상의 어미들은 만년을 이어온 과자를 만나고 싶다. 그래서인지 혼기가 꽉 찬 딸들의 연애사에 자꾸만 가재미 눈이 되는가 보다.

장롱 속의 질서장

저 멀리서 쏜살같이 그분이 오신다. 만사를 제쳐놓고 서둘러 종이와 연필을 찾아도 불현듯 떠올랐다가 순식간에 사라지고 만다. 지금 붙잡지 않으면 잽싸게 손가락 사이로 빠져나가버리는 모래와 같다. 일단 흘려버리면 되찾으려 해도 소용없다. 순간을 붙잡는 것만이 상책이다.

언제 나타날지 모르는 그것을 기다리며 머리맡에도, 책상 위에도, 가방 안에도, 손이 닿는 곳에는 메모장을 놓아둔다. 조금 전까지 머릿속을 돌아다니던 문장머리를 간신히 잡아들고 어싯비싯하다 보면 몸통은 떨어져 어느새 사라져버린다. 잊을세라 허리 깍지 끼듯 문장을 곱씹어가며 받아쓰다 보면, 어이없게도 뒷부분은 흔적도 없이 어디론가 날아간다. 찾을 수가 없다. 이미지 언저리에서 헤매며 멀리 달아나버린 글맥이 무엇이었을까. 되찾아보려고 서성댄다. 입안에 맴돌 듯 말 듯 애가 탄다.

'질주(疾走)'는 빨리 달린다는 뜻이다. 빠른 걸음으로 달리는 게 질주라면 발바닥이 땅에 닿지 않을 만큼 두 발의 속도감이 가쁜 숨과 함께 느껴진다. 생각이란 것도 느린 걸음보다는 달리는 쪽이다. 얼른 받아쓰지 않으면 놓쳐버린다. '질서(疾書)'라는 단어는 조선시대에 선비들도 문득 떠오른 생각을 잊기 전에 질서장(疾書場)에 재빨리 받아두었던 데서 유래한다. 연암 박지원의 「호질」은 열하를 여행하던 연암이 중국 소주의 술집 벽에 적혀 있던 이야기를 베껴 쓴 것이다. 연암이 재바르게 옮겨 쓰지 않았다면 떠돌던 설화는 영원히 묻혀버렸을지도 모를 일이다. 생텍쥐베리는 오랫동안 상상해오던 소년을 냅킨에 그렸다가 『어린 왕자』를 출간하게 되었다.

기록 본능은 원시시대부터 비롯되었다. 이집트 사람들은 돌에다 상형문자를 쪼았다. 수메르인이 진흙에 쐐기문자를 새기면서 서술 기술이 급격히 발전하였다. 나중에 갈대로 파피루스를 만들지만, 물에 젖으면 형태를 알아볼 수 없는 결점이 있었다. 재료가 냅킨이든 돌멩이든 나무껍질이든 기록해둔 것들이 남아 있어 역사를 만든다.

돌잡이 때 연필을 선택하는 일도 질주의 첫걸음과 같다. 아기들은 어느 때가 되면 색연필 한 자루를 들고 작은 종이 위에서 그리기 시작한다. 줄을 긋고 원을 만들고 마침내 모양을 만든다. 방바닥에 펼쳐진 도화지를 넘어서면 본격적인 상상의 출발점이 된다. 바닥에 색을 입히던 아이는 직립의 다리로 서서 벽을 탐닉한다. 자신만의 서사로 사방의 벽을 점령해 나간다.

인간의 기록도 나아간다. 아이는 자라서 『동몽선습』을 떼고 『소학』이 몸에 스며들어 학문의 세계를 엿본다. 『시경질서』와 『논어질서』는 성호 이익의 글을 모은 문집이다. 궁리를 메모해두었다가 나중에 정리해서 책으로 엮은 것들이다. 그렇게 채집한 언어들이 책이 되어 고금을 넘나든다.

친정집 안방에는 작은 책상이 정갈하게 놓여 있었다. 그 옆 메리야스 상자엔 달력을 잘라 만든 빈 쪽지가 언제나 수북했다. 평소에는 딱히 눈여겨 볼 일 없는 종이 쪼가리였다. 어머니를 가슴에 묻고 사 남매 여덟 명이 살림살이를 정리하려고 장롱을 열었다. 그 흔한 명품 가방 하나 없는 옷장에는 두툼한 공책 여러 권과 종류별로 묶어둔 메모장이 장롱 서랍을 가득 채우고 있었다. 자식들과 주고받은 편지, 사계절 요리와 주전부리 간식을 기록한 공책, 일 년 먹을 깨와 콩과 팥 그리고 엿기름 재료인 보리를 산 날짜와 수량, 연락처, 가격 하나하나를 적은 쪽지들이었다.

잃어버린 문장들은 모두 여기 모인 것 같았다. 어머니에게는 삶 자체였나 보다. 도르르 말아놓은 두루마리에는 여행을 다녀온 후기를 단정한 수를 놓듯 참한 글씨로 써두었다. 누렇게 변색된 일기장에는 집안을 지켜내려는 여인의 고단한 삶이 녹아내렸다. 화선지 위에 한자 획들이 갈매기처럼 끼룩끼룩 날아다니고, 한시를 적어놓

장롱 속의 질서장

은 달력 뒷장도 살뜰하게 모아두었다.

어머니는 요조숙녀로 자랐지만 먹고살기 위해 기운 드센 여장부가 되어 가정을 이끌었다. 한갓진 노년이 되어서는 다시 여성 문사가 되었나 보다. 누가 부를 때 받아썼던 걸까. 긴긴밤에 불렀던 노래 가사들이 삼삼오오 줄을 맞춘다. 급하게 써 내려간 트로트 가사는 열기에 녹아내리는 아지랑이처럼 사분오열 직전의 모습이었다. 음담패설도 일일이 필사해서 공책에 풀로 붙여 꼼꼼하게 정리까지 해놓았다. 딸네 계모임이나 문중 며느리 모임에 가서도 걸쭉한 패설로 좌중을 휘어잡기 위해서였을 게다. 어머니의 질서장은 요즈음의 자서전이자 자신이 남긴 평전 격인 셈이다.

어머니는 엄혹한 층층시하에 봉제사 접빈객을 모시면서도 내면의 소리를 잠재우지 않았다. 소박한 일상을 관찰과 사유로 새긴 어머니의 질서장 앞에서 회한의 눈물과 풍류의 웃음을 보았다. 하루하루를 담은 공책은 삶의 진솔한 기록이며 오래도록 저장될 뇌의 서랍장이다. 애초에 모양도 없던 인식들이 지면에 옮겨 앉으면 유형이 된다. 그러나 부모님이 고향 집 벽지 위에 표시해둔 사 남매의 키를 잰 눈금줄은 다시 무형의 기억으로만 남았다. 질서장은 기억을 기록한다. 누구든 다이어리 장부나 수첩 안에 수많은 단어와 문장과 이야기를 품었다. 산고 끝에 어떤 이의 침 바른 손가락이 페이지를 넘기는 책으로 환생하면 좋으련만.

질서는 정신이 배설한 것을 적거나 끼적인다. 메모는 인생 연습의 과정이기도 했을 터이다. 완벽보다는 준비의 과정으로 본격적인 창작을 위한 예행연습에 가깝다. 비유하면 꽃을 피우기 전의 씨앗 노릇 같다. 수많은 꽃씨 가운데 일부는 당장 싹을 틔우지는 못하지만 바람에 날려 뻗어나감으로써 다음을 기약한다.

내게도 글 신이 언제 찾아올까 싶어 적바림하도록 침대 옆에 수첩을 준비해두곤 한다. 질서장은 순간의 생각을 활자로 만들어주는 몸 바깥의 식자판과 다름없다. 갈겨 써놓은 내 글씨를 해독하지 못한 적이 더러 있어도 불청객을 위해 질서(疾書)를 멈출 수는 없다. 규칙적인 배열로 질서(秩序) 있게 달려오는 문장을 붙잡고 싶다.

쓸쓸해서 더 길었던 어머니의 일상은 장롱 안에서 활기찬 질서장으로 거듭났다. 나는 인드라망의 촘촘한 그물을 빠져나간 문장을 되찾기 위해 나선다. 종이와 펜을 들고 놓쳐버린 사유의 긴 꼬리의 흔적을 경험했던 동선을 따라가본다. 때로는 하릴없이 낙서하거나 마당에 나와 그분을 하염없이 기다리기도 한다.

휘리릭 유성처럼 날아든 앎의 결정체를 낚아 올린다. 어머니의 메리야스 상자 속 종이들이 그랬듯이, 펄럭거리던 생각이 질서장 위로 조용히 내려앉는다. 서릿발 같은 글자 하나하나가 질서장 위에서 솟아오른다.

장롱 속의 질서장

무싯날

아무 날도 아닌 날이 아니었다. 휑하던 장터에 다섯 손가락을 꼽으면 전이 펼쳐진다. 그날이 오면 돈이 돌고, 곡식이 돌고, 인심도 돌아 시끌벅적하게 사람들을 불러 모은다. 제사장 보러 진고개를 넘어온 할배의 쌈짓돈과 이른 새벽 황장재를 넘어온 자반고등어는 주인을 바꾼다.

식구들 생일이 가까워지거나, 조상님 제삿날이 다가오면 장 나들이는 빠질 수가 없었다. 쇠고기 지나간 국물로 배를 채운 귀빠진 날은 가진 게 없어도 풍성했다. 마루 밑에 묻어둔 밤도, 광에 매달린 건어물도, 디딜방아로 빻은 떡도 집에서 해결할 수 있지만, 굴비나 자반은 챗거리 장에서 사 와야만 했다.

장터에 해가 떠오른다. 높다란 장대에 노란 고무줄, 흰 고무줄, 검정 고무줄을 두툼하게 매달아 든 사내가 다가온다. 설핏 보면 사람 없이 긴 고무줄 장대가 저 혼자 움직이는 것 같다. 구경꾼이 겹겹이 둘러선 곳에는 원숭이가 곡예를 넘는다. 자발없는 원숭이가 웅크리고 앉은 여자아이 꽃핀을 낚아채자 아이는 소리 죽여 눈물을 훔친다. 바닥에 자리를 깔고 앉아 지포라이터와 돌, 손전등과 커다란 건전지와 잡동사니를 부려놓고 파는 사람, 그 옆에서 구멍 난 솥을 때우는 남정네는 널브러진 솥과 솥 사이를 재주 좋게 건너뛰며 부산하게 몸을 놀린다.

난생처음 보는 왁자지껄한 장터는 어린 내 눈에도 놀라운 광경이었다. 국밥집 돈통 위에는 제 몸집보다 더 큰 밧데리를 고무줄로 칭칭 감은 라디오에서 구성진 가락이 쉬지 않고 흘러나온다. 장터 안을 채우는 힘의 원천은 엿장수 가위 소리, 시비 소리, 지청구 소리, 끌려 나온 소 울음소리, 개 짖는 소리, 닭 우는 소리, 신난 아이들의 옥타브 높은 소리가 아닐런가. 차일 아래에서 먹던 하얀 찐빵 위에는 솔솔 뿌려진 설탕이 녹으면서 콧잔등의 땀방울처럼 송골송골 맺혔다. 제 몸을 불리려고 열심히 일한 증기빵마저도 장마당의 상징이었을까. 장날은 살아 숨 쉬는 일자리의 표본실이자 현역들의 인생 교실이 아닐 수 없다.

닷새마다 열리는 장바닥은 사람들로 북새통을 이뤘다. 앞사람 등을 보고 밀려다니는 혼잡함이 덩달아 돼지고기 반 근을 끊게 만드는 경쟁심을 부추겼는지도 모를 일이다. 지금은 멸치라고 부르는 맷고기는 서민들이 가장 많이 먹는 생선일 게다. 아무리 먹어도 고등어 한 톰배기만큼도 채우지 못할 자잘한 멸치가, 오랫동안 사람들 밥상과 도시락 반찬으로 인기 있었던 것은 서민처럼 머릿수로 세력을 키웠기 때문이리라.

버스가 없던 시절은 겨울 찬바람을 안고 십 리 길을 걸었고, 한여름 무작스러운 해를 이고도 장은 열렸다. 조선시대 종로의 운종가도 지리산 천왕봉 아래에서 열리던 장터목도 부럽지 않은 챗거리 장이었다.

장터는 찬란한 전성기를 누비는 인생과도 같다. 바쁘고, 들뜨며, 몸을 써야 밥을 먹는 일터이리라. 번창하던 챗거리 장은 아쉽게도 시절 인연이 다했는지 강제 퇴직을 할 수밖에 없었다. 댐 속으로 수몰되자 민속사의 한 구절로 인쇄되어 아련하게 추억될 뿐이다. 생성하고 소멸하는 것만큼 유구한 것이 또 있을까. 영원할 것만 같던 장터는 기억 속으로 사라지고, 용궁의 저잣거리로 수장되었다.

가뭇없이 사라져간 챗거리장의 흔적은 어디서도 찾을 수 없을 줄로만 알았다. 이태 전, 국도를 지나다가 댐이 생길 때 수몰민들이 산 중턱으로 옮겨 앉은 마을에서 마른 고추를 팔고 있는 할머니를 보았다. 그 옆에는 호미와 낫, 몇 가지 연장을 어설프게 펼쳐놓고, 늙수그레한 노인이 오후의 볕에 졸고 있었다. 지나다니는 사람도 몇 없는데 무슨 연유로 여기에다 전을 폈는지 궁금해졌다. 잠시 쉴 겸 할머니 곁에 앉아 고추가 실하다며 말을 걸었다. 잠에서 깬 노인은 어느새 옆으로 와서 여기가 파장한 지 사십여 년도 넘은 그 유명한 임동 챗거리 장이라고 자랑한다. 융성했던 영광은 온데간데없고 적적한 두 노인은 스러져가는 옛 직장을 근근이 이어가고 있었다. 은퇴가 두려웠는가 아니면 퇴직 없는 평생직장을 꿈꾸었던가.

집을 나서는 길은 돌아오기 위해 열려 있다. 그곳이 설령 전쟁터 같은 삶의 현장이라 해도 돌아올 곳이 있어서 하루를 버티는지도 모른다. 아옹다옹 서로의 주머니를 열고 닫는 곳이 장터 아닌가. 식솔이 딸린 가장의 어깨에 지게의 무게가 더해졌고, 일찌감치 생계를 짊어지고 세상으로 밀려난 강한 여인네가 푸성귀라도 내다 팔던 삶의 터전이었다. 장돌림은 지친 육신을 무싯날에 쉬어 가고 싶었겠지만, 다음 장으로 발걸음을 재촉했다. 남의 돈을 벌어서 먹고사는 우리네 신세가 장돌뱅이와 다를 바가 없지 않은가.

젊은 날, 아이들과 만나는 동안은 늘 분주한 난장이었다. 이십여 년간 학생들을 가르치면서 스무고개를 넘듯이 아슬아슬한 의문을 남겼다. 어떻게 사는 것이 잘 사는 것일까. 아이들과 만나는 일상이 족쇄를 찬 것만큼 무거워질 때 물러나 앉았다. 세상을 버린 은둔자처럼 유유자적할 줄 알았건만, 막상 무싯날이 되풀이될수록 남루한 옷을 걸친 듯 위축되고 무료하고 쓸쓸하기만 했다. 바쁘게 보낸 날들의 숨소리가 생명력 있게 느껴지고 때론 그리웠다. 늘어진 고무줄 같은 시간은 아무리 팽팽하게 당겨보아도 발아래 쌓여 하릴없이 눌어붙는다. 무엇을 해도 채워지지 않은 날들이 되었다. 자전거를 타고 둑방길을 달렸고, 변두리 골목길을 구석구석 걸었다. 수목

원 벤치에서 하루 종일 책을 읽고 아른거리는 눈으로 집에 와도 해는 아직 남아 있었다. 무싯날의 연속이었다. 삶이 조금씩 가라앉고 이방인처럼 밀려나서 겉도는 것 같았다.

만년 월급쟁이일 줄 알았던 친구들도 십여 년 전부터 하나둘씩 장터 같은 직장에서 물러나기 시작했다. 이제는 낙엽처럼 우수수 떨어져 나와 장은 파하고 난전의 문은 닫혔다. 정년을 다 채운다 하더라도 은퇴는 쓸쓸해 보이는 법, 파장한 장터를 지나가는 가을바람 같기만 하다. 이제부터는 한정 없이 남아도는 무싯날을 무엇으로 채워나갈지 걱정 반 기대 반인 심정이다.

고된 노동도 지나고 나니 축제 같기만 하고, 바쁜 장날이 그리워 마음이 발길에 챌 즈음, 은퇴자들은 이리저리 다시 시장을 찾아 나선다. 상설장은 욕심이고, 오일장이나 번개시장도 마다하지 않는다. 왕년을 내려놓고 소일거리를 찾아 취미를 즐기기도, 배움을 청하기도, 용돈벌이를 위해 경제활동에 나서기도 한다.

나는 글을 쓰기 시작했다. 일주일에 한 번씩 문우들과 모여앉아 공부 칠일장의 난장을 열었다. 예전만 못해도 아무 상관이 없다. 작은 좌판 하나를 펼쳤을 뿐이다. 글밭을 일구며 지나온 세월을 거슬러 기억 속의 장터를 누비고 다닌다. 다시 인생의 장꾼이 되니 내 삶에도 꽃나무 속 왁자한 벌떼 같은 생기가 돈다. 난전에서는 호객하는 잡다한 소리가 들리고 괜스레 서서 이것저것 만져본다. 질문도 의문도 묻어둘 것 같은 퇴직 이후 오히려 세상에 대한 호기심과 애정이 솟구치는 듯하다.

날마다 무싯날. 비록 시장에서는 명예롭게 제대했지만, 명랑만큼은 현직 생활할 때만큼 여전하다. 어제가 오늘 같고 내일도 오늘 같은 아무 날도 아닌 날들. 그날이 그날같이 유별난 일 없이 지나가는 게, 정말 특별한 날이라는 것을 알아버렸다. 나는 요즘 별일 없이 산다.

사과는 해석

사과 하나가 정물로 앉았다. 반들반들한 식탁 유리에 빨간 그림자가 투명하게 드리웠다. 오늘만큼은 식탁 위에 사과 하나 덩그러니 놓여 있어 더 넓어 보인다. 먹음직스러운 사과는 휑한 식탁에 올라앉아 식욕을 자극하기보다는 텅 빈 웃음이 새어나게 한다.

어젯밤, 남편이 술을 마시고 늦게 들어왔다. 숙취를 풀고 싶은지 야식으로 라면을 먹겠다고 한다. 모른 척 방으로 들어왔으나 귓밥은 조용한 거실로 향한다. 얼큰한 라면을 바라는 남편의 마음을 모르는 것은 아니지만, 자정이 다 되어 먹는 라면이 몸에 해롭기도 하고, 번번이 늦은 부엌일을 해야 하는 것도 못마땅했다. 집중할수록 펄떡이는 심장 소리는 이명처럼 울린다. 조용한 부엌과 끓는 내 속이 묘하게 어울리며 시한폭탄이 되어간다.

꽤 시간이 지났다. 참다못해 조용한 거실로 나가보았다. 남편은 식탁에서 졸고, 냄비 속 라면발은 졸아들다 못해 실연기를 피우고 있었다. 상황을 해석할 수는 있으나 남편 입장을 이해하기는 어려웠다. 섣부른 오해는 관계를 뒤틀어버리지만 기가 막힌 이 상황에서는 오해라고 할 만한 꼬투리는 아예 없었다.

이해와 오해는 해석이라는 과정을 거친다. 이해는 두 사람의 해석이 같은 것이고, 오해는 두 사람의 해석 결과가 다른 것이다. 구조주의 언어학자 소쉬르는 고정된 의미의 랑그(langue)에는 다양한 의미로 해석될 수 있는 파롤(parole)이 있다는 것을 생각해냈다. 보이는 대로 이해하기보다는 느껴지는 대로의 해석이 오히려 창조적인 발상을 낳게 할지도 모를 일이다.

아이들이 초등학교에 다닐 때였다. 심부름을 하고 집에 돌아온 큰녀석이 아래층 할아버지가 소파를 새로 샀다고 했다. 작은아이는 소파를 버리더라고 했다. 새것과 버릴 정도로 낡은 것 사이에는 차이가 크다. 두 의견이 너무 극단적이어서 황당하기 짝이 없었다. 비닐을 덮어서 소파의 상태가 어떤지 정확히 보지 못한 데다, 소파가 현관문에 걸려 제 각도를 찾느라 주춤했던 모양이다. 당연히 아이들은 소파가 들어가는지 나가는지 구분하기 어려웠던 게다. 착각은 자유고 오해는 금물이라지만 내 마음은 들지도 나지도 못하는 소파만 같았다.

일상 속의 착각이나 색다른 해석이 유해한 것만은 아니다. 매듭을 푸는 실타래가 되기도 한다. 조금 아는 걸 갖고 해석한 내용을

맹신하는 게 얼마나 위험한가. 똑같은 상황을 보고도 달리 생각한다는 게 신기하고 놀라웠다. 눈앞에서 본 것도 이럴진대, 보지 않은 것들에 대한 해석은 어떨까. 직접 들어도 듣고 싶은 것만 골라 듣는 때가 많은데 부족한 자료의 경우는 말할 필요가 없다. 오랜 시간 관찰하고 연구하는 것이 이론의 당위성을 증명하기 위한 확실한 방법일 게다.

다음 날 남편은 출근하는지 거실에서 부스럭 소리를 냈다. 나는 모른 척하고 나가보지도 않았다. 밤늦도록 잠을 설친 탓인지 느지막이 부엌에 갔더니 식탁 위에 사과 한 개가 놓여 있었다. 아침 식탁 풍경치고는 어울리지 않고 빈속으로 보낸 것이 은근히 미안스러웠다. 나는 식탁 위에 홀로 놓인 사과를 빤히 쳐다보았다. '사과해.' 미안해하는 남편의 마음이 보였다. '그렇구나.' 사과하려고 사과를 놓고 나간 것이다. 남편의 마음을 사과에서 찾아내고 보니 모든 게 일시에 이해되었다. 말로써 어제 일을 사과하는 게 왠지 쑥스러웠나 보다. 빨간 사과를 보니 내가 미안해졌다. 웃음이 새어 나왔다. 나름 낭만도 있어 보였다.

괜히 심술을 낸 것 같아 모처럼 북엇국과 갈치조림을 해놓고 기다렸다. 퇴근한 남편이 내 표정을 살피며 들어와서는 잘 차린 밥상을 봤다. "어찌 그리 화가 금방 풀렸냐." 하고 묻는다. 이상한 생각이 들어서 "아침에 식탁에 사과는 왜 놓고 갔어?" 하고 물었다. "응, 깎는 게 귀찮아서 먹으려다 말았어."

점등인이 켜는 별

사과에 대한 내 해석은 순수했다. 남편의 의중에 대한 착각은 어처구니없어도 해석이 아전인수였다. 어차피 화해는 이미 이루어져 버렸으니 안 먹은 사과는 제 구실을 다 한 셈이다. 다툼은 싱겁게 끝났다.

상큼 달콤한 사과(沙果)와 반성하고 용서를 구할 때 사과(謝過)라는 두 단어의 발음이 같다. 뜻이 다른 낱말을 활용하려면 합당한 구실을 줄 의미 차이가 있어야 한다. 슬며시 내미는 사과로 '미안하다'는 말을 대신하려 할 때 이루어질 오해와 이해를 생각한다. 나는 사회적인 약속으로서의 과일인 사과를 개인적인 용서의 뜻으로 해석한 것이다. 늦은 밤까지 마셔야 하는 술자리에 졸음을 참고 앉아 있었을 남편의 상황을 이해하니 사과가 사과로 느껴진 모양이다. 무덤덤한 사람 사이를 풋풋하게 해주는, 사과이기를 바라는 건 나만의 기대일까.

착각은 일회용이지만, 해석은 끝이 없다. 형편이 어려운 칼 세이건의 부모는 일찌감치 도서관 카드를 만들어주었다. 책을 통해 얻은 이해의 방식과 경험에서 접한 몇 가지 오해들은 그를 성찰하는 사람으로 키워주었다. 그의 저서『코스모스』는 끝이 없는 우주를 끌어당겨 독자들의 가슴에 별 하나씩 달아주었다.

"도서관은 85번가에 있었다. 그곳은 정녕 새로운 세계였다. 곧장 사서에게 달려가서 '스타들(star)'에 관한 책을 빌려달라고 했다. 그녀는 클라크 게이블, 진 할로와 같은 남녀의 사진이 담긴 그림책을 가져왔다. 나는 그런 책이 아니라고 말했다. (…) 그러자 그녀는 웃음을 짓고 내가 원하던 바로 그 책을 찾아다 주었다."

사서는 별을 연예인 스타로 착각했다. 수많은 사람 사이에서 주목받는 인물을 빛나는 별이라 여길 만하다. 그러나 사서의 생각으로 별이라 불리는 사람조차도 우주에 비하면 얼마나 미약한가. 그런데도 사람들은 지구 위에서 욕망을 고집하고 아둔하게 살아간다. 라면을 끓이다가 냄비 하나 그을렸다고 남편이라는 귀한 별에게 짜증을 낸 것도 마찬가지다.

칼 세이건이 펼친 우주론을 바탕으로 오늘 하루를 다시 해석해보기로 한다. 삶을 화내고 걱정하고 불행하게 보낸다면, 그것이야말로 얼마나 어리석은 일인가. 우리에게 주어진 순간도 무한한 영광이라 깨달으니 가련하지 않은 사람이 없다. 불안과 우울은 낭비라는 기분이 든다. 오해를 이해의 궤도로 돌아서게 만드는 것은 믿음과 설득이라는 용광로이다.

색다른 해석의 기회는 늘 열려 있다. 착각은 때때로 행복을 잉태하고 있을지도 모른다. 사과가 나무에 주렁주렁 열리는 까닭은 먹는 것 말고도 쓰임새가 있기 때문은 아닐까.

점등인이 켜는 별

백 프로 삽질하는 나는

백프로

내가 누구인지 모르겠다. 부모님의 딸이자 남편의 아내이고 아이들의 엄마라고 분명 불리지만 나는 누구인가. 민주국가의 시민으로, 생산된 자원을 써버리는 소비자로 살고 있지만 어느 순간 생의 나그네로 변해버린다. 자리마다, 때마다 바뀌는 나의 본질은 도대체 무엇일까.

시어머니의 오래된 추억담 중에서 치마저고리 이야기가 떠오른다. 어머님이 시집온 이듬해 안방에 장판을 깔려고 세간을 마루에 내어놓았다. 화초장 안에는 신행 올 때 마련해 온 옷들이 그득 들어 있었다. 겹겹이 차곡차곡 쌓여 있던 옷가지가 흐트러진 것을 알아차렸을 때는, 이미 '백프로 치마저고리'가 사라진 뒤였다. 명주 치마저고리와 무명천도 여러 필 있었지만, 시어머니가 아끼던 나일론 옷만 없어졌다. 옷 하나에 그렇게나 속이 상했다고 한다.

당시의 새댁들은 집안 식구들 입성까지 도맡았다. 한겨울에도 얼음물을 깨서 빨래를 하다 보니 손이 트고, 밤을 도와 바느질하느라 하얀 천에 핏방울을 떨어뜨리는 건 예삿일이었다. 집집마다 잠사를 두고 뽕잎을 따다 누에를 기르는 것도 아녀자의 몫이었다. 명주 천으로 시어른 비단 두루마기를 만들기 위해 해가 기울도록 길쌈을 매고, 늦은 밤까지 다듬이질을 해서 반질반질하게 광택도 냈다. 누에고치보다 못한 뻐덕뻐덕한 인생이었다. 그러던 차에 나일론이 유행처럼 번졌다.

나일론으로 만든 옷의 인기는 독보적이었다. 스치는 손끝이 실크만큼 보드랍고 깃털처럼 가벼웠다. 설렁설렁 치대기만 해도 부풀려진 거품이 때를 감쪽같이 없애주었다. 찌든 감정들도 서답같이 깨끗해진 듯해서 더할 나위 없었다. 기워대기 바쁜 광목이 촌색시라면 날개를 두른 듯한 나일론은 도회의 신식 마담이었다. 여성들에게는 필백(疋帛)의 환생이나 다름없었다. 훔쳐간 이도 그런 나일론의 매력에 욕심이 났던가 보다. 최고급 대우를 받은 나일론은 양말과 스카프까지 영역을 과시해 나갔다.

우리나라에도 나일론 공장이 세워졌다. 이전과 달리 나일론 옷감은 한동안 불티나게 팔렸다. 시어머니가 백프로 치마저고리라고 한 것은 '나일론이라는 합성섬유 백 프로로 만든 옷'이라는 뜻이다.

점등인이 켜는 별

시골 아낙네들은 '나일론'을 떼어내버리고 '백프로'라 불렀다. 여태껏 보지 못한 옷감인 데다가 100%라는 숫자마저 주는 만족감까지 합쳐 '백프로'라고 부르는 것은 너무나도 마땅했다. 막상 입기보다는 모셔놓고 찬탄만 퍼붓고 있었을지는 불을 보듯 훤하다.

나일론의 편리함은 가히 혁명이나 다름없었다. 산골은 예나 지금이나 아무래도 도시보다 유행을 뒤늦게 타지만 일단 불이 붙으면 끝장을 본다. 엄혹한 노동의 피로를 조금이나마 해소해주는 마당에 나일론이나 '백프로'라고 불리든 그게 뭐 대수인가. 나일론이라는 본질만 남아 있으면 상관없다. 함량 표시 백프로가 대표 이름으로 불린다니 금상첨화였다.

아궁이에서 군불을 때다가 불이 붙으면 한순간에 호로록 타버리고 마는 나일론이 싸구려 천이라는 것이 드러났다. 고급 재질로 꽉 채운 백 프로가 아니었다. 비단을 흉내 낸 가짜가 여성의 자존심을 상하게 했을 것이다. '나이롱'으로 다시 둔갑한다. 백프로라 불리다가 제 이름을 다시 찾긴 했으나, 완전한 본명은 아니었다. '나일론'이 '나이롱'이 되었다. '메롱'이라고 스스로 희롱하고 우스꽝스럽게 불리고 싶은지, '나이롱 신사', '나이롱 환자'같이 거짓부렁 말도 덩달아 유행했다. 촉망 받던 높은 수준에서 저질스러운 야유로 옮겨 탄 나일론의 운명이 엎치고 메쳐지며 바뀌었다. 하지만 나일론 성분이 본래 백 프로 그대로인 것만은 확실하고도 남는다.

백 프로 삽질하는 나는

삽질하는

진짜 이름을 두고도 입맛대로 불리는 게 한두 가지가 아니다. 제 이름으로 대접받는 것이 좋겠지만, 착각했거나 세태를 반영하는 명칭으로 불린다. 그러다가 한 세대쯤이 지나가면서 그대로 입에 붙어버린다.

삽도 그렇다. 경상도 남쪽 지방에서는 삽이라 부르지 않는다. 아랫마을 농장에 놀러 갔다가, 옆에 있는 '수군포'를 집어 달라는 말을 듣고 그게 뭐냐고 되물었다. 이렇게 좁은 지역에서 생전 처음 들어보는 낱말을 만나다니 호기심이 생기고 신기하기도 하다.

수군포는 삽을 지칭하는 말이다. 집에 와서 어원을 찾아보니 네덜란드에서 '스콥(schop)'이라 하는 것을 일본 사람들이 '스콤푸'라 불렀다. 일제강점기 때 영향을 받아서 삽을 수군포라 불렀던 모양이다.

시골 촌부와 늙은 농부들이 수군포라 부른다 해도 삽의 본질은 바뀌지 않는다. 삽은 땅을 파고 흙을 퍼내는 도구이다. 앞이 날카롭고 뾰족하여 파고든다면, 발판은 넓고 길어 힘을 얻기에 좋다. 한 번만이라도 삽질해본 사람이라면 옳다구나 할 것이다. 호미로 파면 얼마나 감질나는가. '푸욱' 한 발로 삽을 밟아 땅 깊이 박은 뒤에 한 삽 그득 퍼 올리면, 그 어떤 동력에 못지않게 일을 일사천리로 해낸다. 사람의 노동과 삽의 모양이 절묘하게 조화를 이룬 결과이다.

점등인이 켜는 별

참으로 효율적인 삽질이 괜한 헛일을 한다는 야유의 말이 되어 버렸다. 호미질처럼 '질'이라는 어미가 붙어 신성한 농촌 노동을 비하하기까지 한다. 삽질이 아니고 '삽 일'이다. 삽 한번 잡아보지 않은 사람들이 삽질하지 말라는 말을 할 때는 시골에 터를 마련한 사람으로서 마음이 불편해진다. 삽의 덕을 보면서도 삽질을 기피하는 것은 도전하려는 용기를 낮추는 것이다. 가만히 있는 것보다 '삽 일'을 하면 조금이나마 지력을 높일 수 있을 텐데. 삽은 고유한 제 이미지를 빼앗기고 신성한 노동의 역할까지 놓쳐버린 것은 아니다. 트렉터와 굴삭기가 들판을 누빌지라도 삽은 논의 물꼬를 트는 신성한 일을 책임지고 있지 않은가.

나는

무수한 시간을 건강한 양생(養生) 아닌, 그 외의 것에 매달려왔다. 부질없는 일이 될지 모르나 삽으로 나를 파헤쳐보고 싶다. 끊임없이 가정적, 사회적 신분을 탈바꿈했을지라도 나를 알아야겠다는 삽질은 진즉에 하지 못했다. 이제는 나를 아는 작(作)을 하고 싶다. 인생은 나를 찾아가는 여행이라고 말해보자. 그럼 나라는 본질이 어디엔가 있을 테지.

나는 그대로이건만 장소나 상황에 따라 불리는 호칭이 달라진다. 거울도 수면도 그대로의 나를 비추어주지 않는다. 오른쪽과 왼

백 프로 삽질하는 나는

쪽이 뒤바뀌어 진짜 나를 만날 수 없다. 그렇다면 단 한 번도 진정한 나를 대하지 못한 채 생을 떠나야 하는가.

『반야심경』 한 구절에 매달린다. '색즉시공, 공즉시색'이라고 했으니 변하지 않은 것은 없나 보다. 그러나 변하는 변화 속에 불변이 있다. 세상 만물의 본성을 '공(空)'이라고 한다. 공은 변하지 않는다. 며느리로, 올케로, 이모, 고모로 인연 따라 순간 호칭으로 머물 뿐. 나라는 실체는 어디에도 없다. 나일론 치마저고리가 상황에 따라 "백프로", "나이롱"으로 다르게 불리고, 삽이 수군포가 되고, 삽일이 삽질이 된 것에도 진실이 하나 있다. 뭐라고 호칭하든 맡겨진 일을 묵묵히 하며 살아가는 것, 그것이다. 촛불에 도르르 말리는 나일론의 삶, 굴삭기에 밀린 삽의 처지처럼, 나를 고집할 것이 없으니 아공(我空)도 상관없다. 견고한 에고(ego)를 버리고 들판에 핀 풀 가운데 하나라도 족하다.

꼼지락거리는 노작으로 생의 흔적을 남기고 가야겠다.

기대치

    익숙하고 노련하면 당연히 기대하는 바가 커진다. 숙달된 몸짓에서 뿜어져 나오는 자신감은 거리낌이 없어 보인다. 누구든지 오른손이든 왼손이든 평생 해오던 습관대로 손을 놀리기 마련이지만 더러는 새롭게 배우고 익히기도 한다.

    뇌종양 수술을 받은 친구가 삼 년이 다 되도록 오른편에 힘이 돌아오지 않는다고 걱정을 늘어놓는다. 걷기며 요가를 하루도 빠지지 않고 했건만 별로 차도가 없자, 급기야 적응하며 사는 법을 받아들이기로 한 지도 얼마 되지 않는다. 최근에는 순응하는 것에서 그치지 않고 평생 도우미로 살던 왼손을 소환해서 오른손이 하던 구실을 맡겼다. 날마다 책 몇 쪽을 필사하더니만 내가 평생 써온 글씨보다 시원하고 동글동글하게 더 잘 쓰는 것이 아닌가.

    궁하면 통한다고 했던가. 이제는 글씨에 대한 놀라움은 심드렁해졌고, 그림에 도전해서 아름다운 수채화를 찍어내듯 그려낸다. 보는 이의 마음에 쏙 들도록 그리려면 안 보이는 데서는 수십여 장을 습작해야 한 작품을 건지는 걸 미루어 짐작하고도 남는다. 전화기 너머 그이의 새로운 취미가 내 마음을 봄날 꽃 피듯 너울대게 한다.

그이와 이웃으로 살며 아이들을 키울 때는 봄이 따사롭지 않았다. 멀리 있는 욕망의 끝이 손에서 멀어질까 봐 서로 위로하기 바빴다. 오른손으로 세상을 살 때는 가지거나 누리려는 간절함의 무게가 나를 짓눌렀다. 무엇을 해도 성에 차지 않고 잘해도 못한 것 같았다.

세상에는 살리에르같이 재능 없는 욕망을 타고난 사람들이 많다. 그이도 나도 젊은 날은 스스로가 만들어놓은 꿈에 짓눌려 신세를 한탄한 적이 한두 번이 아니었다. 천재성을 타고난 모차르트만 각광받는 사회를 탓하며 주저앉아버렸다. 해보지도 않고 하지 않는 사람으로 긴 시간을 지내왔다.

그이는 기대하지도 않았던 왼손이 글씨도 쓰고 그림도 그리는 게 어찌나 대견한지 무엇을 해도 스스로 자랑스럽다고 했다. 무엇이든 잘 해오던 오른손에게는 가혹하리만치 엄격한 잣대를 대는 것과 다르게 왼손은 그저 칭찬 일색이다. 일종의 '기대치 위반 효과'가 아니겠는가. 맏며느리가 늘 잘하다가 한 번 못하면 서운하지만, 무심한 막내며느리가 어쩌다가 잘하면 칭찬을 몇 갑절 받는 것과 다르지 않다.

대부분 태어나자마자 오른손 같은 기대를 한 몸에 받는다. 천재인 줄 알았던 아이가 자랄수록 평범해 보이면 그제야 기대를 반쯤 접는 부모들이 많다. 형제자매는 카인과 아벨의 원죄를 타고난 경쟁자다. 그렇지만 서로 바라보고 배우며 별것 없는 인생을 살아갈 기술을 습득한다. 때로는 서로 비교하다 보면 겪지 않아도 될 자존감 잃어버리는 경험을 하게 되고, 마음속에 채우지 못한 열망으로 '술 푸게' 하는 핑계를 만든다.

세월은 나이를 보태주는 것만은 아닌 것 같다. 도처에 구차한 변명거리가 생긴다. 눈이 어두워져서, 순발력이 떨어져서, 기억이 가물가물해져서 생겨난 자리에 너그러움과 여유가 들어앉았다. 그이와 내가 겪었던 질병들도 아등바등 매달리는 욕심에서 한 발짝 물러나게 하는 일등공신이 아닐 수 없다. 최고보다는 중간쯤이 편하고, 이름나는 것보다는 무명이 자유롭고, 많아서 골치 아픈 것보다는 약간 부족해서 적당히 긴장하는 것이 재미있어지던 중이다.

성철 스님은 이름병이 돈병, 여자병보다 더 무섭다고 경계하셨다. 돈이나 여자 문제가 생기면 손가락질을 받지만, 명예욕은 이름이 날수록 칭찬 받으니 고치기가 더 힘들어지는 게 당연해 보인다. 여태 널리 알려지는 것이 성공이라 믿었던 것이 허망한 일이라는 걸 새삼 느낀다.

처음부터 기대하지도 않은 왼손 취급했다면 무엇을 하든 얼마나

기대치

흥미로웠을까. 지금은 뒷방으로 물러날 나이가 되니 저절로 왼손이 되었다. 요즘은 걷다가 뛰는 척만 해도 난리법석이다. 입에서 맴도는 낱말 하나 건져 올려도 박수 받는 일이 된다. 그러니 하고 싶은 것은 하고, 하기 싫은 일은 안 하면 그만이다.

글쓰기의 매력에 빠져들 수 있었던 것도 평가에 대한 두려움이 사라졌기 때문이다. 골방 구석에 박혀서 하루 종일 글을 써도 세상 구석구석 쏘다닌 듯 자유롭기가 한정없다. 기대하는 바가 없고 못난 것을 인정하고 나서 얻은 평화와 자유이다. 다만, 세상 밖으로 나가는 내 글이 의미 있거나 누군가의 마음을 어루만져준다면 그보다 환희로운 일이 있을까. 이런 일은 있어도 그만 없어도 그만이지만 기대만큼은 내 가슴에 소중하게 밝혀두고 싶다.

스펀지처럼 받아들이는 한창 크는 아이들에게 작은 숟가락 하나 들고 떠먹이지 못해 안달하는 부모들을 보면 안타깝기만 하다. 갓 걸음마를 떼듯 어설퍼도 무조건 잘해 보이는 왼손이라면 얼마나 신나게 했을까. 오른손이 열과 성을 다해도 조금만 더 해보자고 하니 어떻게 그 일이 재미있을 수 있을까.

친구의 왼손 그림은 뒤늦게 병마에 항거하며 궁여지책으로 찾아낸 도전이다. 나 역시 죽음 앞까지 가보고 나서야 살아 있는 것이 가장 큰 성공이라는 것을 깨달았다. 비교를 멈추니 비로소 세상은 저마다의 재주로 살아가고 있는 것이 보인다. 타인은 그만 살피고 나 자신을 들여다보는 연습을 해본다. 진정으로 현명한 사람은 죽을 고비를 넘어보지 않고도 미리 알아본 사람들이 아닐까. 소중한 자신의 가치를 큰 고개 하나 넘고 나서야 찾아낸 일이 미련스럽지만 지금이라도 알게 되었으니 괜찮다.

습관에서 벗어난 일이 창조일 게다. 주는 밥에 쳇바퀴만 도는 다람쥐보다 날마다 새로운 나무와 바위를 타는 산속 다람쥐가 얻는 희열이 클 것 같다. 익숙한 방식을 고집하며 편하게 살기보다 불편해도 새로움이 나아 보인다. 반대편으로 밥을 먹어보고 다른 쪽으로 가방을 메고, 낯선 길을 가다가 물구나무서서 거꾸로 세계를 가만히 들여다보고 싶다. 호기심은 사그라지는 세포를 깨워 되풀이되는 버릇에서 가만히 내 어깨를 두드려줄 것이다.

밋밋한 표정이라도 엉뚱한 매력이 덕지덕지 달라붙은 흥겨운 사람 숲이 그립다. 더는 오른손이 '바른 손'이 아니고, 왼손도 '그른 손'이라고 못 박지 않았으면 좋겠다. 한 번도 바른 손이 되어보지 못한 왼손잡이들은 정작 오른손들이 지나간 종이 위를 반대로 밀고 가며, 연필의 흑연 가루를 손날에 가득 묻히지만 별 불만이 없다. 무엇을 어떻게 하든 저마다의 삶을 만들어갈 것이고, 어차피 세상은 무지개처럼 다채로워야 살맛 나는 법.

큰 기대는 상습적인 인생을 살라고 등을 민다. 바라는 것 하나 없는 삶은 어디에도 걸림이 없으니, 발자국이 금방 지워지는 사막에 새로운 걸음을 내딛고 싶다.

4부

인생 만세

속눈썹

구백 냥짜리 눈에 붙어 하루에도 수없이 쌈박쌈박 깜박인다. 천
냥짜리 몸 가운데 대부분을 차지하니 미상불 두 눈을 지켜내야 하
는 존재감이 크기도 하다. 커튼같이 늘어뜨린 속눈썹이 비싼 눈을
보호하려 나선다.

눈은 혼돈, 바다, 강을 다스리며, 태양신으로 추앙받는다. 눈을
감싸는 털이 없었다면, 고대 이집트에서조차도 태양이 눈에서 태어
났다는 신화는 없었을지도 모르겠다. 고귀한 것을 돋보이게 하며,
먼지나 벌레로부터 지키는 몫은 속눈썹의 숙명이자 당당함의 이유
인 터다.

속눈썹이 짧아 슬펐던 것은 아마도 그때쯤이었을 게다. 사춘기
때는 갓방에 세 들어 살던 미스 조가 그렇게도 부러울 수 없었다.
조막만 한 손거울을 앞에 놓고 마스카라 솔이 털을 빗을 때마다 속

눈썹의 길이는 늘어났다. 그럴 때면 보름달 같은 미스 조의 얼굴이 반달처럼 작아 보였다. 눈 화장을 탐닉하던 나에겐 초승달 모양으로 오린 투명 테이프를 쌍꺼풀 없는 눈에 붙여주었다. 날카로운 모서리가 살을 찔렀다. 상그럽게 치뜬 삼시울진 눈이라도 예뻐지려면 참을 수밖에 없었다.

긴 속눈썹으로 날듯이 올려 뜨는 사람을 보면 우아해 보였다. 나도 모르게 눈두덩에 힘이 들어가고 내게 없는 것을 가진 그녀들이 그렇게 부러울 수가 없었다. 사춘기 때는 아무리 눈을 비벼 잠시나마 쌍꺼풀을 만들어도, 따갑게 인공 풀을 발라보아도 시원스러운 눈을 만들어내지는 못했다. 나비가 날갯짓 하듯 나풀거리는 몽환의 섬모를 잠시라도 가질 수 있다면 나는 어떤 세상의 부귀를 얻은 것보다 값질 것 같았다.

눈보다 더 높은 곳에 달려서 위세가 높았던가. 하늘로 솟구친 긴 속눈썹을 얻기 위한 여인들의 노력은 만만치 않다. 인조 눈썹은 지나치게 작위적이라 무대에 서는 사람들의 전유물이다. 여성들은 선명한 눈매를 위해 눈 가장자리에 문신을 새기거나 속눈썹을 덧댄다. 짧은 속눈썹에 파마를 해서 특별히 뭘 하지 않아도 힘 있게 뻗쳐 보이게도 한다. 그처럼 욕망의 깃털을 달고 다니면 삶에 대한 긍지도 한껏 솟아오르지 않을까.

멋 내기에는 가장 숱이 많은 머리카락이 으뜸이긴 하다. 사자 갈기처럼 부풀리거나 다양한 모양새로 꾸미면 외모가 두드러져 보이는 데는 최고다. 그러나 속눈썹은 내면적 가치를 축적하는 통로를 지키며, 눈을 통해 자신의 속을 드러내기 때문에 더 특별해 보인다. 이마에 올라앉은 눈썹에도 공을 많이 들이긴 해도, 움직여서 눈길을 모으는 털은 온몸을 통틀어도 속눈썹 하나밖에 없는 것 같다.

흑백 텔레비전에 매달려 외국 영화를 많이 보아서일까. 서양인이 큰 눈으로 눈을 깜박거릴 때마다 셔터를 내리고 올리는 것이 연상되었다. 부채처럼 크게 뜨고 감는 시원함이 그렇게 부러울 수 없었다. 책받침 속의 브룩 실즈며, 순정 만화 속의 여주인공들의 눈은 얼굴의 절반을 차지했지만 괴기스럽기는커녕 황홀하기만 했다.

중학교 때, 생물 시간에 현미경으로 입안 상피 세포를 들여다보는 중이었다. 면봉으로 볼 안쪽을 문질러 슬라이드 유리에 묻혔다. 둥근 세포가 보이기도 전에 징그러운 털이 보여서 깜짝 놀랐다. 초점을 맞추기 전에 보인 속눈썹이었다. 늘 짧고 볼품없던 털을 확대해서 보니 영락없는 파리 다리 같았다. 몸의 일부지만 그 순간은 이물질로 느껴졌다.

눈 가장자리에 촘촘히 달려서 외부를 향해 뻗은 털이 주인의 눈밖에 나는 일도 가끔 생긴다. 눈이 까끌대고 따끔할 때 눈꺼풀을 뒤집어보면 여지없이 속눈썹 한 가닥이 눈알에 붙어 있다. 이 첩모는 길이가 수준에 미치지 못해서인지 느닷없이 자신의 주인을 해친다. 마치 자존심을 너무 내세우다 보면 스스로에게 상처를 주는 것처럼.

마스카라는 에스파냐어로 변장, 가면이라는 뜻이다. 열등감은 끊임없이 변장을 부추긴다. 나는 내가 아닌 다른 사람이 되고 싶었다. 적어도 바람이 불면 나부끼는 풍성한 속눈썹을 가진 존재로. 소설 나부랭이나 읽는 것은 시시해 보였다. 아둔한 머리로 이해하지도 못하는 철학서를 펼쳐놓고 글씨만 읽어대는 겉멋을 부렸다. 헛된 자만심에 턱을 높이 쳐들며 까치발을 하고 걸었다. 주테, 발롱*. 구름보다 높아지는 나를 상상한다. 라캉이 모든 욕망은 타자의 욕망이라고 했듯, 남의 시선에 갇혀 신기루만 좇았다.

섹스 심벌로 상징하는 마릴린 먼로는 유난히 눈모가 깊었다. 한순간이라도 그녀를 바라본 사람들은 눈 속으로 빨려 들어갈 것처럼 느껴진다고 한다. 독서광이었던 그녀의 내면에서 끌어당기는 예지를 눈치챘던 것일까. 그래서 육감적인 외모만 부각된 것이 안타깝기만 하다. 멋진 눈매를 한 여성들이 그 눈으로 만들려는 인생 행로나 당당한 삶의 궤적을 보려 하지 않았다. 나는 신데렐라 같은 공주도, 바비 인형 같은 미인도 되지 못한다는 것을 알고 있어도 선망만은 멈추지 못했다. 그것은 나를 사랑하지 못한 내 한계이고, 타인과 비교해서 나아 보여야 하는 자존심의 처절한 발로일 뿐이었다.

풍성한 눈썹을 그렇게도 희망하면서도 나는 게으른 성정 때문인

---

* 주테, 발롱 : 두 다리를 앞뒤로 뻗으며 공중으로 뛰어오르는 발레 동작을 일컬음. '도약'을 의미한다. 발레리노의 동작은 '주테', 발레리나의 동작은 '발롱'.

지 늘 밋밋한 얼굴을 하고 살아왔다. 소도 때려잡게 생겼으면서 어울리지도 않은 눈 화장으로 주변을 놀라게 하지는 않았다. 다만 숨어 있는 속눈썹을 대신해서 입꼬리를 올리는 웃음을 달고 살았다. 입가에 매달린 환한 표정은 나와 남을 평평하게 맞추는 수평 저울이다. 하기 쉽고, 자연스럽고, 편하게 할 수 있는 기술을 두고 없는 것에 매달린 셈이다.

나는 늘 꿈꾸는 나만의 속눈썹을 그려 넣고 싶다. 무슬림 여성들은 히잡부터 전신을 다 덮고 눈만 망사로 드러낸 부르카를 덮어쓰면서도 치장을 한다. 아무도 볼 수도 없고 보여줄 수도 없지만, 화장은 물론 귀걸이며, 목걸이며 머리 장식까지 한다. 자신을 위한 꾸밈인 것이다. 자존심을 세우기 위해 하는 줄 알았던 여성들의 가꾸기란 결국은 자존감을 위한 것이었다는 증거가 아닐 수 없다.

통찰과 사유로 내부의 무지개를 만들거나 화려한 눈치레로 외양을 가꾸어도 노력의 생산성은 어느 쪽으로도 기울지 않는다. 그것을 자신들에게 잘 보이기 위해서라는 남자들의 발칙한 착각만 없었다면 처음부터 자신을 사랑하는 방법이란 것을 알아챘을 텐데.

속눈썹

나가사키 손수건

벼룩시장 매대에 꽃이 피었다. 공원 모퉁이 반그늘 아래 크고 작은 손수건이 무수히 많은 색깔로 치장한 채, 나란히 진열되어 있다. 겹겹이 접은 천에 내려앉은 꽃잎이 햇발을 받아 막 몽우리를 열 듯하다. 온기까지 머금은 손수건을 만지면 조불조불 달린 꽃무늬가 꽃이 되어 흔들릴 것 같다.

작년, 프랑스 자수를 배울 때, 옥양목에 시접을 깔끔하게 처리한 천에 예쁜 수를 놓아서 꽃 손수건을 만들었다. 손수건을 넣어 다닐 주머니를 꽃당목으로 바느질해, 뜨거운 햇빛을 가리거나 쌀쌀할 때 목달개로 요긴하게 꺼내 쓰려는 마음이었다. 하지만 내 손으로 직접 만들어보니 아까웠다. 정이 담뿍 깃든 물건이 서랍 속에서 정물로 갇혀 먼지만 먹고 있으니 봉사하고 싶어 안달복달 조바심을 낸다. 작지만 제 본분을 잊지 않는 당찬 기세다.

여고 시절엔 불시에 책가방 검사를 하였다. 손수건을 단정하게 다림질해두지 않으면 손바닥에 불이 났다. 더운 여름날 체육 수업을 마치고 수돗가로 달려가 시원하게 세수하고 물기를 말끔하게 닦아주던 손수건. 속상한 마음에 눈물짓는 친구를 달래주는 손수건. 작은 크기 큰 소용으로 헌신한 손수건을 비눗칠로 씻어 책상 가장자리에 펼쳐두면 힘 있게 마르는 필수품이었다.

얇은 천 조각 한 장으로 해결하지 못하는 일이란 없을 것 같다. 아이들을 키울 때는 손수건 없이는 한순간도 버티지 못했다. 침을 흘리는 아기의 턱받이로, 아무거나 덥석 만지는 고사리손을 닦아내는 돕는 이였다. 갱년기의 긴 터널을 지나면서는 땀과 함께 얼굴이 달아오르면 화끈거리고 당황스럽다. 곧이어 송곳 같은 한기가 몰려온다. 그때 손수건으로 땀을 훔치고 나면 민망한 마음도 회복되는 듯하다. 수시로 달려드는 몸의 냉·온열 장치는 제멋대로 극심한 온도 차이를 보이며 널뛰기한다. 밭에서는 뒷덜미에 수건을 둘러 햇볕을 피하고, 베갯잇에 손수건을 깔아두면 제아무리 고장 난 수도꼭지에서 흐르는 땀이라도 거뜬하다.

손수건은 기다림에도 지치지 않는다. 슬프거나, 속상하거나, 억울하거나, 비참하거나, 화가 나서 눈물을 흘리는 이들에겐 열 마디 말보다 손수건 한 장을 건네는 게 큰 위로가 된다. 빳빳하게 잘 다린 손수건은 도도한 부잣집 딸을 연상시키고, 오물이 묻은 후줄근한 손수건은 콜카타의 뒷골목에서 병든 이들을 어루만지는 테레사

수녀 같다. 보자기보다 작아도 감싸 안기를 서슴지 않고, 수건보다 얇아도 받아들이는 마음씨가 따뜻하고 후덕하다. 가방 속에서 오랫동안 대기하다가 이리저리 휩쓸려 구겨지고 먼지가 묻기도 하지만, 언제 쓰일지 몰라도 꼭 필요한 때를 기다리는 비장의 무기 같은 존재가 손수건이다.

슈트를 멋있게 차려입은 신사들도 행커치프를 가슴에 꽂고 다니던 때가 있었다. 쓸 때와 내어줄 때를 기다렸다가 검지와 장지 사이에 끼운 행커치프를 매너 있게 내미는 행동은 신사의 품격일 터. 물을 엎지르거나 재채기하고 낭패에 빠진 상대방을 은근하면서 눈치껏 도울 수 있다면, 품행과 예의를 갖춘 게다. 멋진 양복 차림에 점잖은 신사라는 호칭도 받을 만하다.

"손수건은 어디에 필요한 건가요?" 영화 〈인턴〉에서 로버트 드니로가 남자친구 문제로 울고 있는 직원에게 손수건을 건네자 돌아온 말이다. 주인공 앤 해서웨이도 남편과 화해할 때 눈물을 흘리면서 "이럴 때 손수건이 있으면 좋잖아?"라는 말을 한다. 손수건은 자신을 위한 것이기도 하지만 남을 위해 쓸 때 그 진가를 발휘하는 물건임은 틀림없다.

젊은 시절, 사회운동을 할 때 일본 소비자생활협동조합을 방문한 적이 있다. 후쿠오카 지역을 두루 다녀보았다. 기타큐슈 생협 사람들은 해마다 나가사키에서 열리는 원폭 피해자 추모 행사에 특별한 방식으로 참여한다. 1945년에 원자탄을 실은 비행기는 높은 산맥을 사이에 두고 기타큐슈를 찾지 못해 나가사키에 폭탄을 떨어뜨렸다. 자신들을 대신해서 불바다가 된 나가사키 시민들에게 미안한 마음을 가슴에 품고, 팔월 더위에 험준한 산을 자전거로 넘는 고행을 한다. 그들의 정신에 응원하는 마음으로 나는 '간바레'를 외쳤다.

안내하던 평화운동가는, 피폭된 부모에게서 태어나 몇 가지 암을 앓고 있었다. 그녀는 손목에 묶어두었던 테누구이 손수건을 내 팔뚝에 감아주었다. 일본 전통 문양이 그려진 손수건이었다. 일본에서는 예술적인 다양한 디자인 때문에 수집하는 사람도 많다지만, 에도 시대 때부터 포장할 때나 테이블 세팅하거나 인테리어 용도로 쓴다. 무더위에 흐르는 땀을 막기 위해 목에 감거나 머릿수건으로 저마다 하나씩 들고 있었다. 우정을 나누기 위한, 모두의 아픈 상처를 기억하고 전쟁을 반대하자는 간곡한 땀과 눈물의 징표였다. 그녀는 "기억해주세요, 나가사키"를 나에게 주문한 것이다.

순수하게 오고 간 손수건은 증오를 잠재운다. 테누구이 손수건에는 전쟁 속에서 흘린 피가 새겨져 있다. 그로 인해 고통받았던 삶의 눈물과 찌든 땀이 묻은 사연이 담긴 손수건으로 한 많은 아픔을 닦아내고 상처를 위로한다. 국가 간에는 서로 반목하고 있지만, 인류로서 나눌 수 있는 평화의 물증으로 기억한다. 이름도 잊어버린 일본 활동가로부터 받은 손수건 선물이 양말통 가장자리에서 긴 세월 잠자고 있다.

손수건은 격려와 배려의 상징이다. 삶에서 일어나는 크고 작은 불상사를 떨칠 수는 없다. 사람은 상처받기 마련이고, 그것을 치유하고 싶어 한다. 구원과 영생을 꿈꾸는 인간은 갖가지 예술품으로도 고통을 표현하지 않는가. 어떤 슬픔이나 사소하지 않은 상처를 입을 때 인형이나 액세서리, 쪽 편지, 종이접기 학 같은 것에서 위안을 얻기도 했다. 그러나 침묵으로 내민 손수건만큼 세상의 차가운 슬픔을 잊게 해주는 것도 없다. 작은 것이, 가벼운 것이, 하잘것없는 것들의 힘이다.

나를 달래주고 남도 어루만지는 부드러운 손길이라면 해결사라 불러도 된다. 어떤 교회나 병원보다 더 가까이서 단정하게 접힌 채로 때를 기다리는 그것. 평화의 길목과 인간관계의 전선에서 가장 아름다운 무기는 손수건.

점등인이 켜는 별

등명여모(燈明如母)

등대는 구도자를 닮았다. 백 년을 하루같이 오롯이 지켜 서서 보시의 불을 밝힌다. 희뿌연 해무 속에서 어른거리는 불빛만이 들고 나는 배들에게 생명의 길을 인도한다. 등대에게는 구도의 길이 숙명과도 같았다.

바다는 팽팽한 부력으로 배를 밀어 올린다. 바람이 일으킨 파도는 이리저리 휩쓸리다가 길고 짧은 용틀임을 한다. 얼마나 많은 배들이 세상의 모든 소리를 잠재우는 그 바닷속으로 침잠해 들었을까. 한없이 가볍고 부드러운 물이라지만 아래로, 아래로 가라앉을수록 무거운 벽이 되어버린다. 거친 세상처럼 짓눌려온다. 모든 것을 삼킨다 해도 티 하나 나지 않을 바다이다. 그 거친 바다를 내다보며 가랑잎 같은 배들을 불러 모아 품어주는 등대는 바다와 맞서지 않았다. 희미해져가는 미래를 등불처럼 간절히 밝히고 싶었다.

백여 년 전, 고요한 동쪽의 나라 조선에 등대는 없었다. 일본 제국주의자들은 대륙으로 뻗어가기 위해 군산 앞바다에다 어청도 등대를 세웠다. 애당초 동기야 순수하지 못했을지언정, 그러나 등대는 정작 누구의 편에도 기울지 않았다. 그저 칠흑 같은 바다 위에서 쏟아지는 별에 의지하며 허둥대던 누군가의 강력한 생명의 빛줄기였다. 침략과 전쟁을 일삼는 인간보다 사람이 만든 등대가 내 편과 네 편을 차별하지 않았다. 등대는 지나가는 배를 인도하고, 바다는 배가 지나간 하얀 경계선마저도 지워버린다. 등대는 갈등이 잠잠해지기를 기도하는 심정으로 지금껏 불룩하게 튀어나온 바위와 암초를 알리며 바람 앞에 서 있다.

어청도 등대는 백 년을 그 자리에 서서 묵언하며 질곡의 역사를 바라보았다. 침략의 통로가 되었던 등대, 그는 나라 잃은 충격과 상실의 아픔을 인내해야만 했다. 그러고 보면 등대는 정신의 헌신과 육신의 희생을 보람으로 여겼던 세상의 엄마들을 닮았다.

엄마는 등대였다. 모든 것을 받아들이는 바다를 향해 고독한 눈길 거두지 않은 의연한 등대의 심정이었다. 그렇게 한량없이 보듬어 안아주던 엄마가 이승을 떠났다. 늙어가는 자식들이 엄마 잃은 아이처럼 목놓아 울었다. 구슬픈 갈매기 소리 같은, 빈 뱃고동을 울리며 떠나는 눈물 소리에는 한이 서려 있었다. 허망하여라. 울음의 밑바닥은 허공을 정처 없이 흘러 다녔다.

시인 카몽이스는 등대가 선 자리를 일컬어 땅이 끝나고 바다가

시작되는 곳이라고 했다. 삶의 마지막에 다른 생을 기약했을까. 이
승과 저승으로 나뉜 단절 앞에서 등대의 훤한 불빛마저 깜박거리다
스러져가는 듯 위태로웠다.

지난 추석, 엄마 없는 첫 명절을 맞았다. 보름달은 외로운 이들
을 골고루 비춰주고 있었다. 소생의 근원은 생명 없는 무덤으로 남
았다. 흩어져 사는 피붙이들에게 엄마가 살던 고향은 더 이상 구심
점이 되지 못했다. 산소만 다녀가겠다는 동생은 서운함을 담아 마
음에도 없는 말을 했다. 명절날이면 속속 모여들던 엄마의 작은 집
이 그렇게도 큰 줄을 미처 몰랐다. 복닥거리는 풍경은 웃음이 새어
나올 만큼 정겨웠다. 틈틈이 만들어놓은 엄마의 음식을 걸귀처럼
먹어대며 감탄한 날이 있었던가. 캄캄한 어둠 속에서 갈팡질팡하는
형제들은 길 잃은 배 같았다. 늘 그 자리에서 자식들을 맞이하던 엄
마의 부재는 한 곳에서 태어나 끈끈하게 아껴주던 형제들의 균열을
예고하는 듯했다.

막막함은 암흑 속에서 나침반도 없이 항해를 떠나는 배와 다르
지 않았다. 거북하고 군색한 마음을 숨기며 어르고 달래서 한 발씩
물러나 앉았다. 서로의 속마음을 알아주었다. 논의 끝에 어느 숙소
를 빌려서 하룻밤을 보냈다. 쭉쭉 뻗어가는, 그리하여 인간이 볼 수
없는 한계를 넘어서는 등대 불빛 같은 관심과 이해가, 꺼져버릴지
도 모르는 형제간의 동력을 불어 넣었다.

자식은 어미를 여의고 길을 헤매고, 백성들은 나라를 잃고 깊은

등명여모(燈明如母)

혼란에 빠졌다. 억압받던 세월 동안 등대는 암흑 속에서 불빛을 쏟아냈지만, 어두움을 걷어내고 광명을 찾기까지는 긴 시간이 걸렸다. 땅덩어리를 빼앗긴 압제의 시대와 부모를 잃은 설움은 똑같이 천붕(天崩) 아니겠는가.

엄마는 밀려 들어오는 가난으로부터 어린 자식들을 지키려고 무던히 애를 썼다. 깊은 밤에도 보초를 서듯 뜨개질코를 한 땀 한 땀 걸어 올렸다. 거친 파도와 세찬 바람은 인간 세상에도 모질게 닥쳐왔다. 바다는 잔잔하다가도 다시 끝날 것 같지 않은 폭풍으로 으름장을 놓았다. 되풀이되는 고초를 온몸으로 저항한 엄마를 떠올리니, 울퉁불퉁한 바위섬 위에서 철썩철썩 때리는 모진 파도를 맞는 것도 등대와 다름없어 보인다.

할 수만 있다면 나도 등대를 닮은 어미가 되고 싶다. 시름겨웠지만 길잡이 노릇을 포기하지 않은 모성을 본받고 싶다. 새로운 파도가 날마다 인사하고 보름달에 부푼 검푸른 바다가 은빛으로 일렁댈 때, 불빛으로 길게 손을 내밀어 길 잃은 배들을 불러 모으리라. 어머니가 자식들에게 안식처였듯이 항구로 들어오는 배들은 모성의 품을 떠올렸을 게다. 깜박깜박 섬광을 쏘아 올리는 등댓불은 나아가야 할 길을 밝힌다. 모두가 잠든 고요 속에서 홀로 깨어 있는 등대, 검은 도화지를 한 줄기 빛으로 그려내는 풍경은 구원의 메시지를 담고 있는 듯하다.

오래전, 침략과 수탈을 위해 떠나는 배들을 지켜보았던 불의 탑이 이제는 지나가는 배들의 무사 안녕을 기원한다. 항구에서, 방파제에서, 바위와 풀과 바람에 저항하며 서 있는 몇 그루 소나무와 함께 풍경 속에 자리 잡았다. 제국의 등대는 한 세기를 흘러 낭만의 등대로 다시 태어난 걸까. 더러 청춘남녀가 등대 기둥에 기댄 채 눈빛을 주고받으며 사랑을 새기는 곳이기도 하다. 정열에 불타는 투우사의 망토를 닮은 빨간 등대는 오른쪽 방파제를 지킨다. 순결한 조선의 흰 치마저고리를 닮은 하얀 등대는 왼쪽에 서서 녹색 불을 밝히며 신호를 준다. 앙증맞은 병아리를 닮은 노란 등대는 작은 배들이 자유롭게 드나드는 것을 바라본다.

하늘의 푸른 물이 뚝뚝 떨어져 바닷물이 되었을까. 수평선을 따라가다 보면 결국은 맞닿아 원이 되겠지. 새빨간 지붕을 머리에 인 등대 속을 빙빙 돌고 돌아 오른다. 어느새 꼭대기에 다다라 푸른 바다와 갈매기 그리고 배들과 눈을 맞춘다. 낮에는 태양 아래 한없이 겸손해지고, 밤이 되면 도저한 불빛은 바다 위로 뻗어나간다. 세상의 격랑을 오랜 세월 동안 겸허히 바라보는 등대. 본래의 바탕이던 바다 위를 생존하기 위해 떠도는 이들을 인도하는 등대를 어찌 구도자라 하지 못할까.

시냇물이 흘러 강물이 되고 굽이굽이 떠내려가 바다로 모여든다. 그 넓은 바다가 흙탕물 맑은 물 가려 받아들이는 적 있던가. 우여곡절 끝에 바다로 들어간 물은 땅의 속살 깊숙이 실개천을 따라 거슬러 올라, 원초적 생명의 탄생을 그리워한다. 그곳의 경계에는 언제나 등대가 있다. 어버이가 그러했다. 세상으로 내보낸 자식들이 당당한 어깨로, 단단한 두 다리로 살라고 하는 것 같다.

쓸려나간 파도가 다시 밀려오는 까닭은 아마도 그 뜻을 알려주려고 하는 것은 아닐까. 희망을 잃지 말라고, 용기를 가지라고 등대를 향하여 파도가 쉼 없이 손짓을 보낸다.

점등인이 켜는 별

도로 봄, 다시 봄

아랫도리가 심상찮다. 아기집을 받쳐주는 치골부터 보배로운 연
못을 지나 회음, 그토록 학문을 추구한다는 둔덕으로 난 뒷부끄리
골짜기까지. 며칠째 신경이 바르르 떨린다. 생산이라고는 두 아이
를 낳아 간신히 본전치기밖에 못 했지만, 하필이면 어디 호소하기
에도 민망한 그곳에 연일 마음이 쓰인다.

어느새 중년이 되었다. 충만한 보름달이 쏟아내던 달거리는 그
믐달마냥 찔끔거리다가 그마저도 사라지고 캄캄한 밤의 연속이다.
몸에서 핀 붉은 꽃에 놀랐던 초경의 기억이 생생하다. 그토록 거북
했던 속박이 끝나면 하늘이라도 훨훨 날 것 같았다. 하지만 정작 꽃
이 시들어버리니 툭툭 굽어지는 마디마다 긴 한숨만 늘었다. 생의
겨울이 코앞에 이르렀나 보다.

푸른 오아시스로 빛나던 때가 있었다. 물오른 가지처럼 살랑대

며 날마다 장밋빛 공중을 꿈꾸었다. 어떤 날은 하늘에 올라가 한 바구니 가득 별을 땄고, 또 어떤 날엔 팔랑팔랑 날개를 펼쳐 사막을 건너가는 나비가 되기도 했다. 싱그러운 젊음은 언제나 의욕에 넘쳤고, 가슴은 희망으로 가득 찼으며, 그것들은 영원히 지속되리라 믿었다. 늙지 않는 피터 팬처럼.

강산이 다섯 번 변하고도 몇 해가 지나간 것은 찰나와 같다. 또래의 관심사는 동산과 부동산을 거쳐 수다의 끝은 깔때기처럼 건강으로 귀결된다. 탈 없이 튼튼했던 청춘으로 가기 위한 노력은 눈물겹다. 회춘은 야릇한 열망을 담아 중장년의 움켜잡지 못할 환상이 되었다. 민간요법, 대체의학, 동서양을 아우르는 정보가 쏟아진다. 산천초목의 열매와 뿌리, 잎사귀는 짙은 물로 우러나 약성을 강제 배출당했다. 불로주를 대신하여 집집마다 짜놓은 즙은 첩첩이 쌓여 대기 중이었다.

층층시하에서 시집살이하던 어머니는 갱년기를 느낄 새도 없었다. 신새벽부터 늦은 밤까지 온갖 일이 여성들의 손끝에서 나오던 시절이었다. 죽어서나 원 없이 누울 수 있었을 뿐, 아픈 것도 오히려 사치였다. 오래 쓴 몸뚱어리가 삐거덕거리는 걸 당연하게 여겼다. 고된 노동과 퍽퍽한 살림살이에 미련이라고는 없었다. 호르몬이 아무리 장난을 쳐도 참아내는 일을 숙명으로 알았던 시절, 당신은 강한 정신력으로 푸석한 몸을 견뎌냈을 것이다.

몸놀림보다 마음이 바쁜 요즘, 중신(中身)의 어느 구석에 탈이

났는지 여기저기 아픈 곳이 많아 숫제 종합병원이다. 리모컨은 수시로 냉장고를 드나들고, 가스 불에 타버린 곰국 냄새는 벽지에 들러붙어 지워지지 않는다. 언제부턴가 부끄러운 일 없이도 얼굴은 자주 홍당무가 되었다. 일제히 몸 안의 수분이 땀구멍 밖으로 쏟아져 나올 때는 머리를 무릎 사이에 묻고 울고 싶어진다. 더워서 벗으면 춥고, 추워서 입으면 더웠다. 감당하기 어려운 감정 변화는 수시로 찾아든다.

공허한 가슴에서 자라난 넝쿨이 사지를 옥죈다. 무중력에서 헤매던 무기력한 의식은 달궈진 인두처럼 신경을 곤두서게 한다. 무엇이 나를 바닥까지 끌어당기는지 알지 못한 채, 찡한 코끝에서 눈물만 밀어 올린다. 뼛속 어딘가에서부터 허공이 생겨났다면 그 상실은 무엇으로 메워야 하는지 막막하기만 하다.

소설『벤자민 버튼의 시간은 거꾸로 간다』속의 주인공은 팔십 대의 외모로 태어나서 시간이 흐를수록 젊어지고, 결국 아기가 되어 죽는다. 아무리 이야기라 하더라도 늙어가는 가족과 친구와 연인을 어린 몸으로 지켜보아야 하는 시선보다 더 가혹한 고통이 어디 있을까. 회춘하는 벤자민은 행복해 보이지 않는다. 작가는 세상 모든 게 예외 없이 변화한다는 것을 역설적으로 말하고 싶었는지도 모르겠다.

누구나 그토록 원하는 회춘은 '봄으로 되돌아가는' 게 아니라 '봄이 다시 오는' 현상을 말하는 것일 게다. 그 봄은 거슬러 오르는 봄

도로 봄, 다시 봄

이 아니라 맞이하는 봄이리라. 새봄이 오기까지 꽃샘추위의 시샘을 견뎌내야 하듯, 질병에 시달려 고달픈 몸이 회복되고, 조금씩 성숙하게 나아가는 내일이 봄인 셈이다. 기운이 넘치고 육체가 불끈하고 들썩일 때는 가만히 있는 것이 오히려 힘들었다. 이제 몸통은 이울어가고 고요하다. 성찰은 기억을 어루만지고 사유는 추억 속에서 견고해져간다.

친하게 지내는 약사에게 전화를 걸었다. 피돌기의 균형이 깨진 탓이라고 한다. 몸에 대한 변화를 흘려버리지 않는 태도가 나를 제대로 만나는 일일 것만 같다. 오늘도 세포는 쉼 없이 생성과 소멸을 반복한다. 그 낌새를 만나는 것이 환희롭다. 몸의 신호를 알아차렸다는 약사의 칭찬보다, 나였지만 나로 인식하지 못했던 생명의 원천과 조우하는 일이 새롭다.

장식장 위에 세워놓은 구체관절 인형을 바라본다. 무던히 마디마다 시리고 아픈 구석을 표시하는 듯하다. 갱년기의 갱(更)은 새로 고쳐 다시 시작하라는 의미가 아닐까. 목각인형을 주물러서 활기차게 움직이는 모습으로 바꿔놓는다. 긴 호흡으로 불안한 마음을 가라앉히고 팔다리를 경쾌하게 휘저으며 산책길에 나선다. 이 터널을 지나고 나면 고요하고 평탄한 늘그막의 봄날이 오리라 기대해본다.

혈기 왕성하던 날들, 그토록 열망의 뜨거운 기대를 걸고 온 밤을 주무르던 남편의 손길도 이젠 잠잠하다. 내 눈에는 내가 보이지 않는다. 상대방의 눈망울 속에 가을 단풍이 든 걸 깨닫는다. 방황하고 불안하던 젊은 시절은 한 번으로 족하다. 울렁거리고 열렬했던 기억 저편, 연정의 온기는 아직 식지 않았다. 달뜬 사랑의 회상은 서로를 애틋한 정으로 친구가 되게 해주었다. 한올진 마음만은 사철 봄이지 않은가. 몸은 비록 늙마를 보내지만 '생은 길섶마다 행운을 숨겨두었다'고 니체는 말했으니, 마른 풀잎을 뒤져서 지혜를 찾으리라.

오후 세 시, 무언가를 시작하기에는 늦은 것 같고 주저앉기에는 아직 대낮같이 훤하다. 백세 시대라면 이제 겨우 점심때가 지나갔을 뿐이다. 아직 달달한 간식도 오붓한 저녁도 남았다. 게다가 평화로운 밤에는 오래된 짝과 느긋하게 영화 한 편 볼 수도 있겠다. 그러다 묘한 웃음을 흘리며 슬쩍 남편의 옆구리나 한번 찔러볼까?

도로 봄, 다시 봄

웰컴

'똑똑' 한 번에 단 한 사람만이 드나드는 곳. 생리적으로 더없이 간절한 곳. 들어갈 때와 나올 때의 처지가 다르다 보니 인간성을 가끔 소환하기도 하는 곳. 하루에도 몇 번씩이나 들락거리지만 매번 그 입출의 정황은 변하지 않는다. 타고난 인간의 속성을 고스란히 드러내야 하는 원형 유기장. 조금 전 나는 바쁜 걸음으로 그곳을 다녀왔다.

때로는 주변에 그곳이 없을 수 있다. 용무가 급해질수록 얼굴은 일그러지고 식은땀은 흘러내린다. 견디다 못해 사지가 뒤틀려 발을 동동 구르며 탱고 춤을 추기도 한다. 변의(便意)를 견디다 못해 고속 도로 갓길에 버스를 세운 적이 있다. 딱하게 여긴 버스 기사가 작은 둔덕 옆 풀숲이 우거진 곳에 차를 세워주었다. 천둥지둥 달려갔다 돌아오니, 다른 승객들은 공감의 손뼉으로 위로해주었다. 다급한 위기는 넘겼으나 부끄럽기 짝이 없었다. 고약한 냄새를 풍겨도, 민망한 소리가 들려도, 적당히 외면해주는 이해심을 배워가는 것이, 나와 네가 그것 하나만은 닮아서이다. 변비로 고통받고 설사로 낭패당해도, 철저히 홀로 머무르며 자신에게 빠져드는 곳이 그곳이다.

한밤중 뒷간에서 어머니는 노래를 불렀다. 밤이면 요강을 머리맡에 두어야 했던 나는 어머니 성화로 변소에서 큰일을 보기 시작하면서 변비에 걸렸다. 참다가 견디지 못하면 한밤중일지라도 어머니를 변소 앞에 보초로 세웠다. 컴컴한 고요가 무서운 상상으로 연결되면 어머니에게 노래를 불러달라고 했다. 헛되이 용만 쓰다가 되돌아오기를 여러 번, 보다 못한 어른들이 보름달이 뜬 날 닭장 앞에다 양밥으로 나를 세웠다. "닭아, 닭아. 내 밤 똥 네가 가져가고 네 낮 똥 날 다오." 할머니도 어머니도 나도 두 손 모아 빌었다. 그 시절에는 화장실을 변소나 통시, 뒷간이라 불렀다. '변소(便所)'는 '편안한 곳'이라는 한자 말을 쓰지만 내게는 불편하고 무서운 장소였다. 몇 달에 한 번씩 "똥 퍼" 하고 외치는 똥장군 소리가 들리면 어머니는 나에게 그 아저씨들을 불러오라고 시켰다. 그런 날은 온 집에 냄새가 진동했다. 변소를 다 푸고 나면 어머니는 뜨끈한 밥 한끼를 대접했다. 마루에 걸터앉아 맛나게 먹던 아저씨들에게는 똥과 밥이 다르지 않은 듯 얼굴이 더없이 편해 보였다.

집 밖에 외따로 떨어진 변소는 세월 따라 발전했다. 추위와 더위와 비와 바람을 피해 집 안으로 들어오면서 아이들이 어렵지 않게 큰 볼일과 작은 볼일을 볼 수 있었다. 이름도 변소에서 화장실로 바뀌기 시작했다. 배설물을 모아 거름으로 쓰기 위해 얼고 녹기는 다반사였던 농경 시대 측간은 생명 있는 것들을 양산하여 분해와 발효의 기능까지 하는 자연 저장고였다. 반면에 수세식 화장실은 회오리 물살로 몸에서 나온 찌꺼기를 순식간에 쓸어버린다. 『테스』를 쓴 작가 토마스 하디가 살던 맥스 게이트에서도 좁은 계단을 따라 하인들이 물을 짊어지고 올라 삼 층에 있던 변기에 물을 부었다. 요즘 아파트에서 마음껏 물을 내리는 시설이 편리하지만, 그 많은 별똥별이 어디로 흘러가는지 근심이 쌓인다.

얼마 전에 들른 카페 화장실은 베르사유 궁전 같았다. 화장실 문에 W · C와 더불어 꽃장식도 달았다. 한쪽 벽면엔 거울을 세우고 반대편은 알록달록한 색들로 몰리해치 문양을 그려놓았다. 가운데 핑크빛 둥근 소파를 놓고 주변을 독특한 소품들로 장식했다. 장미 향이 은은하게 깔리고 잔잔한 음악이 천장에서 흘러나왔다. 여럿이 동시에 들어오면 순서를 기다리도록 부드러운 소파도 놓아두었다. 수반에 꽂힌 싱싱한 꽃과 실물 같은 나무를 배치하여 작은 정원과 다름없었다.

옛집 변소도 꽃 피는 시절엔 나름 예뻤다. 들어갈 땐 서둘렀지만, 나와서는 꽃에 정신을 팔았다. 뒤꼍을 돌아가면 봉숭아와 맨드라미가 길을 터주고, 나팔꽃 넝쿨이 뒷간 지붕을 화관처럼 덮었다.

변소로 가는 길이 화사하게 보이도록 아낙들은 그곳에 정성을 쏟았다. 어쩜 지금은 카페 화장실을 꾸민 사람은 그 옛날 어린 시절의 변소 주변을 꾸몄던 어머니의 자식들일지도 모른다.

남녀 화장실을 비교하면 지금은 단조로운 남성 화장실에 비해 여성 화장실은 세련되다 못해 화려하다. 남과 여의 배설 방법이 화장실의 차이를 만들어냈을지도 모른다. 바지를 내리고 소변을 내갈기며 누가 멀리 오줌을 보내는지 내기하는 사내아이에게는 노천이 편리하기 그지없었다. 고대 로마 시대부터 불국사 해우소, 경주 동궁에도 수세식으로 만든 공중화장실이 발견되었다고 한다. 옆 남자와 붙어 앉아 담소를 나누던 정서가 아직도 남아 있는 것일까. 그에 비해 여성들은 똑같은 생리 작용을 해결하기 위해 외진 곳으로 숨어든다. 누가 볼세라 사방을 가리고, 걸쇠를 잠가야 안심이 된다. 남성들보다 더 긴 소요 시간이 요구되는 신체 구조 덕분에 여자 화장실이 더 북적대기도 한다.

W · C는 'Water Closet'의 약자이다. 수세식 화장실은 배설물을 물에 떠내려 보내버리니 증거가 지워진 범죄 현장과 다름없다. 번잡하다고 여기는 혐오 장소가 어서 오라고 반기는 편의 시설로 변했다. 혼자만의 시간을 허락받는 화장실이 'Well Come' 하는 것 같다. 아이가 건강한 건 잘 먹고 잘 놀고 잘 싸는 것이다. 노인도 장수하려면 잘 먹고 잘 놀고 잘 싸면 된다. 잘 싸는 일만큼 건강에 중요한 일도 없다는 환영사라도 하는 것 같다.

화장실은 인간이 고안해낸 각종 기호학을 적용하는 곳이기도 하다. W · C에는 동서고금을 막론하고 누가 와서 보아도 알 수 있는 픽토그램을 사용한다. 삼각형은 치마를 입은 여자를, 역삼각형은 어깨가 넓은 남자를 연상시킨다. 때로는 기원전 2700년 바빌로니아에서 점성술의 기호로 쓰던 암수 기호를 쓴다. '♂'은 화성, '♀'은 금성을 표현하는 별의 기호가 화장실의 대표 기호가 되었다. 모국어에 자부심을 한껏 드러내는 프랑스에서 영어인 W · C를 쓰는 이유는, 냄새나고 더러운 장소에 불어를 쓰지 않기 위해서라는 말도 있다. 화장실 문화에 담긴 은유만 찾아봐도 재미와 유머가 적지 않다.

해우소가 성스럽다면 W · C는 친절하다. 옛날 집의 뒷간이 생명의 거름을 받아주는 곳이라면, 공공장소의 W · C는 쉼을 바라는 방랑자들을 반겨주는 곳이다. 고독한 자라면 해우소라 부를 것이고, 외로운 사람이라면 '웰컴'이 어울린다. 겸하여 자신을 만나는 기도처이기도 하다. 몸속 근심 덩어리를 시원하게 분출하는 일은 장소의 명칭을 가리지 않는다.

애초 가릴 일도, 숨길 것도 없는 것이 인간의 몸, 그 몸이 거북스러운 옷을 겹겹이 걸치고 견딘다. 그러므로 하루에 기껏 몇 번 옷을 벗는 몸의 자유를 억압해서는 안 된다. 몸과 마음을 편하게 할 때 사유와 성찰이 제대로 이루어진다.

'웰컴' 문이 열리면 누구든 무거운 옷을 잠시 벗고 삶의 짐을 덜어낸다.

도의 도

미끄러지듯 달려오던 길이 빠르게 차 밑으로 빨려 들어간다. 지나간 길은 차 꽁무니에서 누에고치 실 뽑듯이 줄줄이 너울너울 펼쳐진다. 길은 제 곳에 그대로 있건만 휘어진 길을 따라가자니 눈앞에 있는 산봉우리가 오른쪽으로 갔다가 왼쪽으로 옮겨 앉는다.

시골길을 차로 달리고 있다. 곧게 뻗은 고속도로가 잘 나가는 인생이라면 구불구불한 지방도로는 시름에 겨운 인생으로 보인다. 쭉 뻗은 아스팔트보다 이리저리 휜 길이 주로 내가 다니는 길이니 첫 단추를 잘못 끼운 팔자가 아닌가 싶다.

녹음이 울창한 때 강원도 어느 길을 달렸다. 저 앞에 보이던 찰옥수수 파는 난전이 순식간에 차 옆을 스쳐 지나간다. '아이고머니나' 할 틈도 없다. 이미 지나간 곳은 놓친 버스 대하듯 미련을 버리고, 다시 나타날 길거리 천막 가게를 놓치지 않을 준비를 단단히 한다.

얼금얼금한 그늘 덮개가 보인다. 옥수수 껍질이 큰 솥 옆에 가득 쌓여 있다. 때를 놓쳤다는 불길한 예감이 든다. 아니나 다를까, 주인 내외는 노점을 정리하고 있던 차였다. 해는 아직 중천인데 오늘 준비한 옥수수가 다 팔렸다고 한다. 벌써 파장한 것을 보니 어지간히 맛있었나 보다. '그럼, 미리 많이 좀 갖다 놓지' 하는 말이 입안에서 맴맴 돌았다. 마른침을 삼키며 내 불행한 하루 운수를 잠재울 도리밖에 없었다.

먹고 싶은 옥수수를 못 먹게 되니 심술이 가라앉지 않는다. 마음을 정리했다 싶건만 장사에 미숙한 장사꾼이라는 뒷말이 절로 나왔다. 미리 많은 양을 준비하든지, 물량이 모자라면 얼른 가서 재료를 더 준비해 오든지 해야 장사꾼이라 하지 않겠는가. 장삿속도 없고 뭘을 한참 모른다며 혀를 찼다. 일찍 장사를 접은 두 사람에게 남편은 큰 감동이라도 받은 표정으로 젊은 부부가 돈 대신 여유를 즐기는 모습이 대단하다고 말했다. 그 순간, 느긋한 국도를 사랑하는 내가 타인에게 재바른 고속도로 같은 삶을 살지 않는다고 타박하고 있는 것을 알아차렸다.

누구든 길을 가지만 제 길을 놓치기도 한다. 아예 엉뚱한 길을 간다. 오래전, 고속도로 같은 인생을 살려고 하는 식당 여주인을 본 기억이 떠오른다. 명절에 고향을 가려고 가다 서다를 반복하는 서울 부근을 간신히 탈출한 직후였다. 이른 아침에 출발하여 꽉 막힌 고속도로에 갇혀 배를 쫄쫄 굶은 터라 식당 간판을 보니 무척 반가웠다.

　올갱이국을 하는 식당 안으로 한 발짝을 들이는 순간 기분이 싸했다. 단체 손님이 휩쓸고 간 것처럼 어질러진 식탁을 종종거리며 치우는 안주인이 보였다. 어서 오란 인사를 하고서는 방 안에서 왕왕거리는 티브이를 시청하며 누워 있던 남편을 불러냈다. 잠수복을 던져주며 얼른 가서 다슬기를 잡아 오라고 다그쳤다. 주문받고 나온 밥상은 한심했다. 건더기가 별로 없는 멀건 올갱이국이 내 심사를 들쑤셨다. 매몰차게 항의도 하지 못하고 마음이 상해서 반쯤 먹고 나와버렸다. 아무리 뜨내기손님이라도 너무한 거 아닌가 싶은 마음이 들었다.

　한 집은 재료가 떨어져 하루 목표량을 팔았으니 손님을 더 받기보다 자신들에게로 시간을 돌린다. 다른 집은 욕심을 채우기 위해 재료를 더 채집하려고 남편의 등을 떠밀고, 손님에게는 부실한 밥상을 낸다. 참지 못한 짜증이 지친 육신에서 나와 주변 사람의 기분까지 상하게 한다. 『잡아함경』에 나오는 깨달음의 아름다운 옛길이란, 사람이 세상을 살아가는 데는 오직 빵에 의해서만이 아니라는 말을 올갱이 집은 새겨야 할 것이다.

　사람들은 저마다의 길을 간다. 언젠가부터 내비게이션을 이용해 목적지를 찾고, 최단 거리를 검색해서 고속도로를 달린다. 나도 한때는 도착지가 아니라 군데군데 예정에 없던 곳을 들르는 것이 목적일 때가 있었다. 예상하지 못한 사건이 생기고, 낯선 얼굴을 마주

도의 도

한다. 수많은 길이 여러 곳으로 뻗어 다양한 우연과 충돌하는 게 재미있었다. 그런 기대를 마음 깊이 눌러버리곤 어느샌가 목적지만 의식하며 질주하고 있다.

도로를 달릴 때면 양가감정이 교차한다. 시원하게 내리뻗은 고속도로를 거침없이 달릴 때면 빠른 속도에서 느끼는 만족감도 얻지만, 긴장감이 주는 두려움도 동반한다. 구부러진 지방도에도 불안감은 도사리고 있다. 모퉁이를 돌 때는 급작스러운 위험과 맞닥뜨릴 각오는 해야 한다. 시간이 걸리고 이리저리 몸이 흔들리면 편하고 쉬운 길이 간절해진다.

어떤 길이든 미래에 닥쳐올 고난이 없을 수가 있을까. 인생에도 이정표만 따라간다면 쉬운 지름길이 나타날까. 세상살이라는 길 위에는 다른 두 삶이 있다. 여유와 악착, 관조와 반조, 내 모습은 어느 쪽일까. 타인의 모양새를 보면 늘 나를 돌아본다. 무심코 검색 창에 '빠른 길 찾기'를 쳐서 얼른 가려고만 하지 않았는지. 길이란 앞으로 달려가는 것이기도 하지만, 뒤돌아보기에도 길만 한 곳이 없다. 경치를 볼 때도 앞만 보지 말고 뒤를 보아야 한다. 풍경이 좋은 길은 앞의 정경이 뒤로 달려가 있기 마련이다. 한 번쯤 고개를 들고 뒤를 돌아보라. 얼마나 아름다운 길이 있는가.

길을 나서면 일상을 떠난다는 홀가분한 감정이 생긴다. 짧은 가출이라도 긴 출가 같은 결심이 드는 게 길 위의 인생이다. 그 길이 삶을 관통하고 있다. 사람이 다녀서 길이 생기고, 길이 있어서 사람이 다니든, 내 길을 찾는 일은 생의 마지막 날까지 이어지리라. 헤맬수록, 걸어갈수록 길은 뻗고 넓어지고 펼쳐진다고 하지 않는가. 그래서 길(途) 위에서 길의 이치(道)를 얻는다.

도(途)의 도(道)다.

인생 만세

"대한 독립 만세!"

펑!

하얀 연기가 사라지면 뻥튀기 기계에서 튀밥이 쏟아져 내린다. '펑' 소리의 여운이 사라진 후에도 할아버지의 우렁찬 음성은 한동안 장터 바닥을 맴돈다. 여느 시장이 그렇듯 중앙시장의 남루한 뒷골목은 70년대의 풍경을 고스란히 안고 있다. 그곳에 갈 때마다 기미년 3월 1일 아우내 장터를 떠올린다. 후미진 골목은 비바람에 삭아가지만 만세 소리는 조금도 상하지 않은 유물 같은 과거를 품고 있다.

간판이라고는 녹슨 양철판에 붉은 페인트로 '뻥튀기'라고 써놓은 게 전부다. 단골로 드나들던 뻥튀기 가게의 미닫이문을 힘주어 열고 들어가면 어디서 주워 왔는지도 알 수 없는 낡은 의자가 줄지어 있다. 등받이 없는 플라스틱 의자, 삐거덕거리는 나무 의자, 오래된 식탁 의자…… 의자마다 세월의 먼지가 내려앉아 민망하기보다 오히려 반갑기만 하다. 겨우 엉덩이 끝만 걸치는데도 희한하게 마음이 편안해지는 안식처다.

가게 안에는 뻥튀기 기계 세 대가 전부다. 맨바닥엔 쌀과 보리쌀, 콩, 옥수수를 담은 깡통이 선착순의 질서가 엄격함을 내세우며 차례로 줄지어 있다. 맞물리지 않아 삐걱거리는 창문 사이로 노란 햇살이 깊숙이 들어올 때면, 줄지어 앉은 장터 고객과 깡통 곡식과 기계 세 대 외에는 아무 치장도 없는 공간이 눈부시다. 기계에서 나온 열기가 일렁거리다가 퍼져나가면 빈틈으로 내려꽂히는 햇살과 만난다. 펑펑 연달아 터지는 폭죽처럼 하얀 튀밥이 쏟아지면 각자의 순서가 다가왔다는 환희심으로 가슴마저 벌렁거린다.

빛을 따라가보면 어린 내가 보인다. 장날 뻥튀기 아저씨나 엿장수가 나타나면 애들 발걸음이 분주해지는 건 어쩔 수 없었다. 튀밥을 튀기는 대기 줄이 길어 언니와 나, 동생까지 교대로 순번을 지켜도 누구 하나 불평하지 않았다. 우리 집 차례가 돌아올 때까지 수없이 '뻥이요' 하는 소리를 들었다. 두 귀를 막고 저 멀리까지 도망치듯 뛰어갔다. 한 뭉텅이의 하얀 김이 형체도 없이 사라지면 동네 아이들이 득달같이 달려들었다. 어린 시절을 거쳐 간 뻥튀기 아저씨들은 생계에 쫓겨 '뻥이요' 말고는 달리 표현하는 법을 보지 못했다.

중앙시장 뒷골목 뻥튀기 할아버지는 무학이지만 머리가 남달리 좋아 뽕짝 노래 가사만으로 한글을 뗐다. 성품은 유쾌하여 어느 손님이건 말을 걸고 노래도 불러준다. 그럴 때면 좁은 가게는 동네 콘서트장으로 변한다. 젊은 새댁들이 추임새를 넣고 할매들이 손뼉을 치면 할아버지는 노련한 풍각쟁이가 되었다. 새끼손가락을 치켜든 주먹을 마이크 삼아 눈을 지그시 감고 노래를 부른다. 그 몸짓은 몇 배로 부풀리는 튀밥처럼 과장되어 익살스러운 동작을 보는 것만으로도 구경꾼들은 웃음보따리를 선물로 받는다. 2절로 넘어갈 시점이 되면 까닥거리던 압력계 바늘이 8을 가리킨다. 할아버지는 뼈마디가 완연한 마른 팔을 굽혀 쇠꼬챙이를 고리에 걸고 다시 결기에 찬 함성을 보낸다.

"대한 독립 만세!"

뻥!

눈처럼 튀밥들이 다시 날아오른다. 까닭도 없이 가슴이 메인다. 기미년 3월 1일. 이름 없이 스러져간 백성들이 만세를 부르며 달렸던 황톳빛 시장 뒷골목이 내 상상에서 역사의 현장이 되는 순간이다. 짧게 공기압 터지는 소리가 일본 순사의 소총이 되었고 6·25 전쟁의 수류탄이 되었다. '만세'라는 감격과 두려움에 몸이 저절로 웅크리는 습관도 끼어든다.

뻥튀기 할아버지는 단 한 번도 귀를 막지 않았다. 눈을 감지도 않았다. 그에게 뻥튀기 기계는 밥을 먹여주는 기계가 아니라, 함께 만세를 부르자고 행인들을 불러 모으는 필생의 사업 도구였다. 같이 노래하고 뻥을 튀기고 '대한 독립 만세'를 외쳐보라는 불꽃 신호탄이었다. 소복하게 둘러앉아 잊힌 역사를 이야기꽃으로 피워내면서 장터 사람들에게 만세 정신을 되돌려주는 할아버지의 생명줄이었다.

뻥튀기 할아버지의 일생은 역사와 어깨동무해왔다. 그저 오일장을 따라 면소재지를 옮겨 다니며 이웃과 어울리는 생이었지만, 손가락 마디마다 세월의 나이테를 묶고 경제 현역으로 여기까지 왔다. 큰돈을 벌어야겠다는 생각은 하지 않았지만, 한순간도 몸의 노동에서 벗어난 적이 없었다. 주름살이 늘어나도 학처럼 너울너울 춤을 추는 몸짓으로 뻥을 튀겼다. 무엇이 할아버지를 행복하게 할까. 고된 농사일에 매여 있던 그때의 할머니들도 저리도 기뻐할까. 지나가는 사람들에게 튀밥 한 줌씩 쥐여주며 뻥튀기가 무엇이라 여겼을까.

할아버지의 겉모습은 주전부리인 박상을 튀기는 시장바닥의 가수임이 틀림없다. 그러나 손님들에게 '뻥' 소리를 빌려 '대한 독립 만세'를 외치면, 뻥튀기처럼 민족의식이 부풀어지기를 기대했을지도 모를 일이다. 알 수는 없지만, 뻥튀기 할아버지의 선대 누군가 기미년 3월 1일에 어느 장터에서 만세를 부르다 목숨을 잃은 이름 없는 독립열사였을지 모른다. 그런데 배우지 못해 기록으로 남기지 못하고, 끗발 있는 후손도 없으니 그냥 잊힌 게다. 그 발자취를 찾아, 희미한 어느 시대의 가문을 찾기 위해 뻥튀기 장사꾼이 되어,

인생 만세

그날을 떠올리고 싶은 건 아닐까.

산골로 이사 들어와보니 내가 가는 읍내 장터 뻥튀기 장수는 그 흔한 호령 소리조차 없다. 호루라기 한 번 불고서는 그대로 뻥을 튀겨버린다. 장날이 되면 마을 어르신들은 일복을 벗고 수돗물로 머릿결을 고이 가라앉힌 뒤 장나들이를 한다. 농사지은 푸성귀나 산과 들판에서 수확한 산나물과 열매를 부려놓고 지나가는 사람들에게 호객한다. 흥을 내는 뻥튀기 장수의 선창이 없어도 인생 구호의 절실함이 베어 있다. "나물 좀 사 가이소." 하는 한마디 목소리가 모두 "대한 독립 만세"라는 음조를 닮아 있다.

내 아이들이 다닌 학교 정문엔 '위대한 평민'이란 현판이 걸려 있다. 평범하기가 그토록 어려운 것인지 '위대한'이란 형용사가 눈물겹다. 하루를 살아내며 존재한다는 의미를 깨우쳐주는 것도 위대한 일이다. 엿장수도, 생선 장수도, 국밥집 아지매도, 뻥튀기 할아버지도.

축구 월드컵이 우리나라를 한마음으로 뭉친 축제였다. '대~한민국, 짝! 짝! 짝! 짝! 짝!'이라는 함성과 관중석을 뒤덮은 힘찬 율동은 한동안 잊고 지낸 국민정신을 일깨워 주었다. 4강의 신화에 못지않게 세계 경제 상위권이 결코 헛말이 아님을 보여준 열정의 용광로였다. 어떤 시련기에 살더라도 스스로 주인이라는 마음을 응원하는 셈이다. 스포츠를 통해 모두가 삼일만세운동을 했을 기쁨을 상기해 본다.

점등인이 켜는 별

장터에 가면 저마다 주연을 맡아 묵묵히 일하고 정을 나누는 이웃들을 만난다. 그들은 세상에 알려지지 않은 단막극의 조연일지라도 장마당의 주역으로 장날 손님들을 자신의 구호 속으로 끌어들인다.

기미년 3월 1일에 "대한 독립 만세"를 외쳤던 민초들도 그 시대의 역할을 했다. 장터 뒷골목에서 뻥튀기를 파는 할아버지도 자신이 맡은 소임을 그치지 않았다. 그렇다면 너와 나도 저마다 구실을 맡은 인생 만세의 주인공들이다.

소잡고 개죽다[*]

사라진 산

쩍 들러붙은 얼룩진 일기장을 한 장 한 장 넘긴다. 우리 집 보물 1호에 버금가는 일기장에서 아이들의 어린 시절이 되살아난다. 군데군데 세월의 더께가 쌓이고 누렇게 바래도 큼직하게 쓴 글씨와 크레파스 그림들은 어제쯤 그린 듯 생기를 띠고 있다. 그림 위에선 시간이 살아 움직이는 것 같다.

오래전, 서울 주변의 수도권 곳곳이 신도시 예정지로 선정되었다. 분양 사무소 앞은 전날부터 밤을 새우는 사람들로 북적였다. 아

[*] 소잡다: '비좁다'의 방언.
　개죽다: '가깝다'의 방언.

점등인이 켜는 별

파트 한 채 당첨되면 앉은 자리에서 분양금의 몇 배가 넘는 액수로 되팔 수도 있는 투기 시장에 너도나도 매달렸다. 빚을 보태 분양을 받아볼까, 혹한 마음이 없지는 않았지만 난 내 속을 제대로 알지 못했다.

새 아파트만 우후죽순 자라난 콘크리트 대단지보다는 나무가 우거진 산 아래 오래된 아파트를 선택했다. 이사해 온 오 층짜리 아파트 여러 채는 꽤 나이 먹어 차라리 오래된 고목처럼 주위 숲과 어울렸다. 가진 게 없는 자의 변명 같지만, 서민 아파트가 아이들을 키우기에는 더없이 좋아 보였다. 나도 싱그러운 땅 냄새가 좋았다. 보금자리를 차린 다음 날부터 변화가 생겼다. 베란다 창을 열면 코앞인 놀이터에서 노는 아이와 눈도장을 찍는다. 사시사철 변화무쌍한 산이 앞에 떡 버티고 있다. 명지가 아닐 수 없었다.

일기장 속 그날은 이사 든 사나흘 뒤 주말이었다. 큰아이의 호들갑스러운 목청에 화들짝 잠에서 깼다. 어제까지 있던 산이 없어졌다고 난리다. 일요일이니 누가 놀이터에 나와 노는지 확인하려던 아이에게, 손 닿을 것 같았던 앞산까지 사라진 건 천지개벽이었다. 근사한 단풍잎으로 물든 나무들은 온데간데없고 안개로 뒤덮인 거실 창은 새하얀 도화지 같았다. 사람 친구 대신 산 친구가 아이의 마음에 들어앉은 경이로운 날이었다. 큰아이는 그날 일기장에 하얀 크레파스만으로 사라진 산을 그렸다.

멋진 새 아파트를 포기하고 '소잡은' 아파트에 살게 되었지만, 산이 '개죽어'서 수필 한 편 얻었다.

도서관 떡볶이

도서관은 바쁘다. 사람들을 모으기 위해 강연이나 전시회, 음악회 같은 다양한 프로그램을 연이어 제공한다. 알고 보면 책은 문학과 과학, 철학, 모든 예술을 사방으로 거느리는 문어 머리통 같다.

아무리 '소잡아도' 세상을 담았으니 거대하다고 볼 수밖에 없다. 직장 따라 찾아든 도시로 이사를 했다. 세월이 지나더니 집 옆에 도서관이 생겼다. 책을 만든 종이의 본향이 숲이라니 도서관과 이웃하는 삶은 수시로 숲을 산책하는 것과 다를 바 없었다. 엄숙과 정숙을 요청하던 이전과는 달리 요즘 도서관은 아주 편안해졌다. 뒹굴고 누워서 책을 읽을 수 있도록 딱딱한 의자를 빼버렸다. 살아서 꿈틀대는 『하울의 움직이는 성』처럼, 하늘을 나는 『아라비안나이트』의 담요처럼, 마법의 공간이 되었다.

'개죽은' 도서관, 그 안에서 아이들은 몸집과 생각을 불려 나간다. 학교에서 돌아오면 오후 시간을 책과 함께 보내기도 하고 주말은 하루 종일 타임머신이라도 탄 듯 과거와 미래 세계를 넘나든다. 지하 식당에서 사 먹는 떡볶이는 도서관에 머무르는 시간을 달콤한 엿가락같이 늘려준다. 먹어도 질리지 않는 떡볶이 맛처럼 싫증 나지 않는 책 속의 세계에 반한 모양이다.

햇살 좋은 날, 초등학교 6학년인 딸아이와 친구 여럿이 깔깔거리며 도서관으로 간다. 번화가 멀티플렉스 영화관도, 선행학습을 위한 보습학원도, 아파트 상가 피시방도 아닌 동네 도서관이 아이들의 놀이터라니……. 매점 식당 주인아주머니 떡볶이 솜씨가 학생들을 불러들이고, 아동 열람실에 깔아둔 폭신한 매트 바닥이 편안하여 아이들은 자신들의 방으로 여기는가 보다.

방과 후 이 학원 저 학원을 떠도는 대신 천천히 책장을 넘긴다. 책꽂이에 켜켜이 꽂혀 있는 책이 이름표를 단 훌륭한 작가 선생들이 되어 차례차례 손을 내민다. 아이는 손끝으로 악수하며 지나간다. 기다란 책꽂이에서 아이들 검지에 걸려 뽑혀 나온 책은 무슨 인연이 있어서일까. 어떤 영감을 건네줄까. '소잡은' 책꽂이에 끼어 있던 책이 너른 세상으로 불려 나와 오늘도 아이들을 바다 같은 몰입의 세계로 안내한다. 해거름이 지는 석양을 등지고 차박차박 집으로 돌아온다. 그 길에 만나는 풀벌레와 가로수는 책에서 보았던 풍경과 닮았던가.

떡볶이는 쫀득하고, 아이들은 북적(book積)거린다.

냄새 없는 코

코와 입은 얼굴 중심부의 아래위에 산다. 출입구는 각각 달라도 안에서는 서로 연결되었다. 담장도 없으니 이만한 이웃이 없다. 모양이 천차만별이지만 기능은 천편일률이라 한다.

　콧구멍은 입보다는 작아도 냄새를 맡는 중요한 임무를 맡았다. 코가 하는 일을 당연하게 여겼다간 '큰코' 다친다. 코가 입과 눈 사이에 '기둥'처럼 내리뻗어 있는 형상을 무시했다간 '개코'가 되어버린다. 심한 코감기에 걸렸을 때 찌개가 졸아들어도 냄새를 맡지 못해 불을 낼 뻔한 적도 있다. 숨만 들이쉬고 내쉬면 생명을 이어간다고 생각하지만, 후각 기능을 상실하면 목숨을 잃을 수도 있다는 걸 코가 깨닫게 해준다.

　텔레비전에서 미각 테스트를 하는 것을 보았다. 코를 막고 양파를 갈아서 먹는 실험이었다. 딸기 주스라고 대답하는 사람도 있고, 사과 주스, 단호박 주스, 제각각 답이 다르다. 아린 양파 향을 맡지 못하면 달달한 과일 맛으로 먹는 것이다. 정작 구경하는 사람만 생양파를 한 입 베어 물기라도 한 듯 눈살을 찌푸리며 매운 얼굴을 한다.

　만약, 냄새를 코 위에 있는 눈으로 보게 된다면 떠다니는 수많은 미립자 때문에 앞을 보기 어려울 게다. 그렇다면 눈은 코 위에 달려서는 안 되고 손가락 끝으로 보내야 한다. 이리저리 냄새 미립자를 굴리는 수고를 해서 시선을 확보해야 마땅하다. 외부의 조건에 따라 좋은 위치를 찾아야 하는 눈과는 달리, 코는 맑은 공기를 쉽게 얻는 얼굴의 한가운데 앉아 여전히 들숨과 날숨으로 생명을 지켜낸다. 그리고 보면 세상만사는 코가 중심이 되는 '일체유후조(一切唯

嗅造)'가 아닌가.

　입과 코가 '개죽은' 까닭은 바로 협업을 하기 위해서이다. 먹는 것을 끊으면 일주일은 버텨도 코를 막으면 몇 분을 채 못 견딘다. 유독 콧구멍만 '소잡지'만 두 개인 까닭을 곱씹어보면 숨이 드나드는 중요한 과업 외에 냄새를 구별하는 막중한 업무를 수행하기 때문이다. 이물질이나 콧물이 들어차 코가 막히더라도 입으로나마 생을 유지하라는 신의 배려는 아닐까. 보이지 않는 공기와 냄새가 드나드는 콧구멍은 '소잡지'만 인간사의 큰일을 맡고 있는 게 분명하다.

소잡고 개죽다

표표어어

짧아 더 또렷하다. 간결하여 더 선명하다. 눈에 띄려면 글귀의 모양은 단순하고 내용은 명쾌해야 한다. 촌철살인이라는 넉 자에 문장의 강렬함과 예리함이라는 의미가 다 들어 있다. 핵심이라 부르면 감동이 약하고 아포리즘이라 할라치면 철학적 가치가 부족하다. 속담에 견주면 형상성은 있으나 역사성이 모자란다. 그것이 표어다.

'자나 깨나 불조심, 꺼진 불도 다시 보자'는 표어가 떠오른다. 오십이 넘은 내가 초등학교 다닐 때부터 봐왔던 말이다. 생명과 환경을 생각하면 반드시 지켜주어야만 할 덕목일 뿐만 아니라, 유행을 타지 않는 언어이다 보니 자나 깨나 기억하는 명작 표어이다. 화목 보일러 재를 칠 때는 꺼진 불이 있는지 살피고, 그래도 불안하면 불씨가 있든 없든 찬물에 개어 내다 버린다. 불기운도 없는 글자가 불기가 남은 재를 한 번 더 살피게 만든다.

표어는 사회 구성원들을 짧은 말로 계도하려는 목적으로 만든다. 모든 표어는 모양을 바꾸고 어휘 수를 조율하면서 진화하고 있다. 짧은 문구에 강렬한 감성을 주입하고 삼박한 이미지의 옷을 입힌다. 기관단체에서는 세련된 도색과 색색의 광고 플래카드를 만들어 사회 질서를 지키는 총검인 양 깃발을 휘날린다.

표어는 시대의 민낯을 드러낸다. 한때 '아들딸 구별 말고 둘만 낳아 잘 기르자'는 표어가 유행했다. 어린 시절 학교 담벼락에 붉은 페인트로 새겨진 단골 문구이다. 남아선호 사상의 혜택을 입은 '귀남이들' 뒤에서 불평등을 버텨내야 했던 이 땅의 언니들에게 해방을 알려주는 문구였다. 오늘날에는 저출산이 심각한 사회문제가 되었으니 격세지감을 준다. 광복 이후 70여 년을 도전과 응전의 시대상을 표현하던 '잘 살아보세'라는 표어도 예전만큼은 잘 보이지 않는다.

딸아이가 초등학교 1학년 때 바른생활 시험을 보았다. '다음 중 어린이들이 안전하게 놀 수 있는 곳은 어디일까요?' 답은 '놀이터'였다. 딸아이는 '공사장'을 정답으로 골랐다. 당황한 나는 시험지를 펴놓고 "왜 위험한 공사장에서 어린이가 놀아야 한다고 생각하니?" 하고 물었다. 해맑은 얼굴로 활짝 웃으며 "공사장에 가면 '안전 제일'이라고 쓰여 있잖아요." 하고 당당하게 대답했다. 순간 어벙해지면서 아이의 표어 감각에 놀라버렸다. 세상에서 공사장이 제일 안전한 곳이니 그렇게 표시해두었을 거라고 믿는 눈치다. 보이는 대로 이해하는 아이다운 대답에 오랫동안 즐거웠다. 안전 제일은 '안전이 제일 필요한 곳'이지 '제일 안전한 곳'이 아니라는 것을 알려주었지만, 오히려 궁색한 변명에 지나지 않았다.

사회를 이루고 있는 사람들의 생각은 다양하다. 의미는 누구나 동일하게 이해할 테지만 뉘앙스는 각자의 직관과 경험에 따라 달라진다. 표어 문구의 의미도 읽는 사람마다 해석이 내 아이와 나처럼 다를 수밖에 없다.

고속도로를 달리면 마치 표식과 표어를 사열하는 듯하다. 졸음 방지, 과속 방지, 추월 금지, 낙석 주의 따위의 표어 진열대를 만나는 기분이 든다. 가야 할 길이 있으니 해야 할 말이 있기 마련이다. 곳곳에서 갖가지 주의와 계도로 표어가 분투하고 있다. '졸리면 제발 쉬어 가세요.' 고속도로에서 제일 많이 만나는 호소 문구일 게다. 글씨도 굵직하고 터널 입구 위쪽이나 고속도로 전광판에 올려 단번에 눈에 띈다. 그런데 '제발'이라는 부사가 못마땅하다. '제발'이 수식어로 들어가는 순간 시민들이 멍청이나 고집쟁이로 여겨질 것 같다. 물론 '제발'이 말 안 듣는 사람에게 쓰이다 보니 그렇게 느껴지는지 모르겠다. 주체도 내가 아니라 표어를 붙인 쪽이 된다. 나만 교통사고를 유발하는 원인자가 되는 것 같아 민망해진다. '제발'보다는 '아무쪼록'이나 '꼭'이라는 표현이면 어떨까.

표어 뒤에 따르는 말의 여운도 찜찜하다. 진심으로 염려하면서

점등인이 켜는 별

안내하려는지, 높은 자리에서 훈계하려는지, 아니면 말 안 듣는 시민을 위협하는지를 알 수 없다. 진정한 배려는 나보다 상대를 더 생각하는 데 있지 아니한가. 누구나 보는 것이니 상식선이었으면 좋겠다.

재치에 웃음까지 보탠 표어가 한결 신뢰 있는 분위기를 만든다. 문학적인 격조가 한몫하면 운전자들의 감성은 더욱 촉촉하고 따뜻해질 것이다. '졸리면 노래를 불러요' '졸리면 졸음쉼터에서 쪽잠을 자고 가세요', 이런 표어가 생겼으면 좋겠다는 바람이 현실이 되었다. 강원도를 달리다가 만난 '졸리면 창문을 열어 봄바람을 만나요'는 사람의 마음을 끄는 매력이 있다. 북풍한설보다 따뜻한 태양이 나그네의 옷을 벗긴다는 라퐁텐 우화처럼 자발적으로 행동하게 만든다.

한때 88고속도로라는 이름이 붙은 도로에는 '깜박졸음 번쩍저승'이라는 푯말이 서 있었다. '졸음'이 깜박하고 휙 지나가는 순간 금세 '저승'이 번쩍 나타난다. 카드섹션을 구경하는 기분이라 할까. 하지만 '예수천국 불신지옥'을 벤치마킹한 것 같은 느낌은 어쩔 수 없다. 그래도 리듬 있는 호소와 정성스러운 물량 공세에 '졸지 않을게요' 하고 화답해야 도리일 것 같다. 본래 의도와는 달리 되풀이하는 교육은 오히려 졸음을 유발할지도 모른다. 표어(標語)가 표표어어(標標語語)가 된 까닭이다.

남원을 지나면서 '연인과 함께라면 졸음운전 하시겠습니까?' 하는 표어를 보았다. 교통 표지판을 읽는 순간 '아니요!' 하고 소리 내어 대답할 뻔했다. 운전자들의 감성을 끌려는 고도의 지략이 엿보이지만, 기꺼이 속아주겠다는 아량이 생긴다. 사랑하는 이들을 위해서 절대 졸지 말아야지 하는 각오도 생긴다. 향단이와 방자의 달달한 사랑의 도시다운 발상이 눈길을 끈다.

얼마 전, 부산을 다녀오는 길이었다. 터널 안에는 현란한 네온사인이 '졸음'이라는 글자를 따라 벽을 수놓고 있었다. 호루라기 소리로 긴장감은 한층 높아졌다. 지방정부가 시민의 생명과 재산을 지키기 위해 눈물겹게 노력하는 현장이었다. 그 정성에 마음이 움직였다. 감동은 운전을 안전하게 하도록 만든다. 소중한 내 목숨을 지키기 위한 보호와 배려에 신뢰가 생긴다.

언어의 힘은 동전의 양면과 같다. 이솝의 주인이 세상에서 제일 좋은 것을 사 오라고 주문하자 이솝은 언어를 사 온다. '언어는 시민들의 삶을 이어주고, 과학의 열쇠이며, 진리와 이성의 수단이기 때문'이라며. 다시 주인은 세상에서 제일 나쁜 것을 사 오라고 요청한다. 이솝은 또다시 언어를 사 와서 '언어는 논쟁의 어머니이고 분열과 전쟁의 원인'이라고 말한다. 이것이 언어의 속성이라면 과연 우리 사이에 불통의 벽이 허물어질까.

표어는 변방에서 불편한 자리매김을 해왔다. 시민들의 머리에서 발상되기도 했지만, 권력자의 지휘봉 끝에 매달려 이용되기도 했다. 하지만 표어가 웃음의 진원지로 환골탈태한다면 표어의 진화는 성공적일 게다. 이왕지사 졸음으로 인해 일어날 수 있는 교통사고를 막아보려 한다면 그 목적에 맞는 방식이 필요하리라. 웃음이나 감동으로 운전자들의 잠을 깨울 수만 있다면 표어가 가벼워진들 어떠랴.

라디오에서 익숙한 교통 정보가 흘러나온다. 그때 표어 하나가 눈으로 들어온다.

"졸면? ㅈㄴㄷ!"

단조로운 고속도로를 긴 시간 달린 긴장이 일순간에 폭소로 터진다. 그래 바로 이거다!

이정화 수필의 지형성

인문학적 서사와 생태적 언술

박양근(문학평론가)

인간은 기억의 영장이다. 신이 창조한 동물들은 과거를 관습적으로 기억하지만, 인간은 정의적이고 이지적인 능력으로 갖가지 사건을 채록한다. 기억 회로를 통해 현재에서 재현되는 과거는 변덕스러운 감정 때문에 잃어버리고 왜곡되고 덧붙여지기도 한다. 그 이유는 인간 개인은 성장하면서 과거의 자신과 다른 현재의 자아를 갖기 때문이다.

기억의 소실이라는 문제를 해결하기 위하여 고대인들은 기록을 시작하였다. 기록은 시간이 지닌 약점을 해소하고 사실을 항구적인 역사로 진화시켰다. 초기의 필경사가 기록자이면서 작가적 재능을 지닌 선임자라면 그들의 후예인 작가는 상상과 영감으로 예술적 창작을 수행한다. 이것이 오늘날의 작가와 문인이라는 신원이 탄생한 과정이다.

수필 작가도 점토판 필경사처럼 언어망과 의미망으로 작품을 직조하는 기술자다. 남다른 문학성과 예술성을 겸비한 그는 기억력과 상상력, 언어 감각과 구사력, 감성과 예지, 인식과 감수성의 교감에 따라 다양한 작품을 쓰게 된다. 작품은 나름의 정체성을 지니되 작가의 심미적 내공에 맞추어 비례한다.

이정화의 수필은 이런 수필 시학을 지닌 점에서 남다른 수월성을 갖는다. 그녀는 기억을 쫓으면서 감성적인 분석과 지적 창의력으로 사물과 인간 사이에 흐르는 심층수 같은 교감을 포착한다. 평이한 대상도 그녀의 손과 눈을 거치면 지금까지 드러내지 않았던 존재성을 구현한다. 기억은 체험의 누적이 아니라 상상과 이미지의 집적물이라는 수필 시학도 정립한다는 말이다. 무엇보다 긴박하고 성실한 시간여행을 진실하게 수행하여 삶 속의 글과 글 속의 삶이 일치하는 퍼스펙티브를 취한다. 이정화 삶이 생의 연기임을 말해주는 단서들이다.

상재된 첫 수필집『점등인이 켜는 별』은 성찰과 인문학적 해석과 미래에 대한 비전으로 짜인 수필집이다. 생을 살아가는 연기력으로 독자를 교양 세계로 안내하는 필력에는 인간애라는 감성이 넘쳐난다. 그 결과, 인생 여행을 연기하는 배우 같은 인간적 매력과 언어적 세련미를 발휘한다. 그것이 그녀 수필 세계의 요체라 할 것이다.

1. 나의 자서, 그들의 서사

세상의 모든 이야기는 자신으로부터 시작한다. 나는 누구인가를 생각한 때부터 현재의 자아를 표현하기까지 작가는 자신에 대하여 말한다. 잊어버렸던 그때 그곳을 글이라는 무대로 끌어들여 기쁨을 누리고 아픔을 치유한다. 나아가 현재와 관련된 유기성을 추출하여 오늘의 자신을 재감정한다. 연기력과 기록성을 가짐으로써 그녀의 수필은 생태적 유기성을 지닌 점토판에 비견할 만하다.

이정화는 '이 현감 댁 손녀 아씨'라는 별칭이 있을 만큼 어린 시절부터 빼대 있는 집안에서 성장하였다. 친가와 외가에는 학문과 부덕(婦德)을 갖춘 어른들이 있어 인간을 공부하는 환경을 마련해주었다. 학교에서 배운 지식에 못지않게 가정 환경과 독서가 그녀의 문학과 인생에 탄탄한 토대가 되었다. 건실한 시간 여행자라는 뜻이다. 이처럼 대표작이면서 표제작인 「점등인이 켜는 별」은 애민과 비전을 내적 고백으로 들려준다.

내 삶은 등 하나를 찾는 여정이었다. 고속버스터미널에서 내린 그와 나는 두 손을 꼭 잡았다. 세찬 바람이 살 속으로 파고들어도 우리는 반드시 서울에서 잘 살아내리라 다짐했다. 어렵사리 변두리 반지하방을 얻어 살림을 차렸다. 창문으로 지나다니는 사람들의 종아리가 기하학적인 그림처럼 보였다. 종일 햇볕 몇 조각만 들어 늘

빛이 고팠다. 아이들이 커나갈 미래를 위해서는 더한 역경도 이겨
낸다는 마음 하나로 하루하루를 버티었다. (51~52쪽)

불을 밝힌다는 것은 희망과 꿈을 구현하려는 행위다. 어둠을 광
명으로, 시련을 희망으로 바꾸는 한 점 불은 무엇보다 자신을 먼저
태워 주변을 밝힌다. 그뿐만 아니라 그녀에게서는 가족을 위한 불
빛과 젊은 시절에 열정을 바쳤던 사회 운동과 취약 계층을 위해 헌
신한 인문주의적인 서약도 함께 발견된다. 작가는 결혼 후, 이상과
현실 사이의 괴리감을 겪으면서 가족이 함께 살 집에 "모든 걸 걸었
다." 그 후 별빛이 쏟아지는 산골살이를 선택함으로써 등불의 진의
를 되찾았다. 가정의 점등인에서 시골 밤길을 밝히는 길잡이가 된
것이다. 지금도 제대로 된 불빛 하나 찾지 못하는 사람들이 있음을
안타까워하여 별꽃다운 점등인이 되기를 소망한다. 작가의 과거와
현재의 삶을 요약한 이 작품은 그녀가 추구하는 세상살이와 수필
세계가 무엇임을 일러주는 서사(序詞) 역할을 한다.

문학은 변용의 미학이다. 작가는 자신의 소재를 표현할 때 은유
라는 수사법을 활용한다. 은유는 물리적 결합보다는 화학적 융합으
로서 작가라는 초자아가 생활 구역과 글이라는 영토를 번갈아 오가
도록 해준다. 객관적인 묘사가 필요한 주변 사람에 관한 이야기를
할 경우, 직설이 아닌 은유를 빌려 심미적 거리를 두면서도 그들을
서사적 주인공으로 삼는 동인(動因)이기도 하다.

점등인이 커는 별

가족에 대한 애정과 자긍심은 가문 서사 형식을 취한다. 그녀는 집안을 무대처럼 설치하고 혈족을 무대 배우로 등장시켜 인생을 연기하도록 구성한다. 사 대에 걸친 친정과 시댁의 할머니, 어머니와 아버지, 남편과 자식은 가장 먼저 밝히는 점등의 대상이다. 어머니의 일생을 기록한 「장롱 속의 질서장」은 질서(疾書)라는 언어와 작가로서의 기록 본능을 병합한 글이다. 질서는 기억하기 위해 메모한다는 의미로서 어머니에게 질서는 살림살이와 문학적 상상을 적은 두툼한 공책과 두루마리와 메모 쪽지다. 별 볼 일 없는 종이 쪼가리가 여성 문사의 정신 세계를 담으면서 자서전과 평전으로 변하는 변용은 한 여인의 인생을 환생시키는 은유가 된다. 작가도 "글 신이 언제 찾아올까 싶어 적바림하도록 침대 옆에 수첩을 준비해두곤 한다."고 밝힌다.

소박한 일상을 관찰과 사유로 새긴 어머니의 질서장 앞에서 회한의 눈물과 풍류의 웃음을 보았다. 하루하루를 담은 공책은 삶의 진솔한 기록이며 오래도록 저장될 뇌의 서랍장이다. 애초에 모양도 없던 인식들이 지면에 옮겨 앉으면 유형이 된다. 그러나 부모님이 고향 집 벽지 위에 표시해둔 사 남매의 키를 잰 눈금줄은 다시 무형의 기억으로만 남았다. 질서장은 기억을 기록한다. 누구든 다이어리 장부나 수첩 안에 수많은 단어와 문장과 이야기를 품었다. 산고 끝에 어떤 이의 침 바른 손가락이 페이지를 넘기는 책으로 환생하면 좋으련만.(160쪽)

작가는 장롱 속에 갇혔던 어머니의 문학적 영혼을 한 편의 수필로 부활시킨다. 나아가 작가는 질서장에 빗대어 자신의 문학의 면모를 살핀다. 문학을 일러 영적 재생이라 하듯이 「장롱 속의 질서장」은 햇빛을 보지 못한 유작을 소개하면서 자신의 창작 재능이 어머니가 물려준 유산임을 밝힌 사모곡이라 할 것이다.

여성은 한 남자의 아내가 되면 친정아버지의 존재를 새롭게 지켜본다. 예전의 아버지는 의젓하고 위엄이 넘치는 남자이지만 노쇠하면서 체통을 지키려 안간힘을 쓰는 노인으로 보인다. 작가는 그 쇠락을 집에서 키우는 풍산개에 일치시킨다. 「개인[犬人] 지도」는 아버지와 집 개가 함께 지녔던 야성과 세월에 길들어가는 순종의 삶을 제시한다. 사람과 개는 늙음이라는 숙명을 피할 수 없다. 그들을 지배하는 것은 다름 아닌 세월로서 어떤 존재도 거역할 수 없는 조련사다. 작가는 그 운명의 영고성쇠를 기술하여 아버지의 일생을 인문학적 생멸로 풀어낸다. 인간과 동물을 모두 포용하는 구도설정은 개체의 삶보다는 종(種)이 지닌 생사의 이미지를 놓치지 않으려는 작가의 사유 덕분이라 하겠다.

가정주부로서의 가족애를 담은 대표작에는 「사과는 해석」과 「소잡고 개죽다」가 있다. 두 작품은 할머니와 마녀, 어머니와 질서장, 아버지와 풍산개에서처럼 남편과의 일상사는 '사과'라는 사물로, 아이들의 성장은 '사라진 산'과 '떡볶이'라는 사물로 형상화하였다. 이정화의 수필은 시종 일상사를 상징하는 사물을 연극 소품처럼 배치한다. 「사과는 해석」은 '사물은 해석하기 나름'이라는 사실을 함의한다. 사과는 '먹는 과일'이라는 남편의 풀이와 사과를 '잘못했다'로 해석하는 작가의 의미소가 충돌하지만, 그것이 전화위복이 되어 화해를 이룬다는 줄거리가 『점등인이 켜는 별』의 분위기를 더욱 따뜻하게 해준다. 가까운 가족일수록 이해와 오해가 빈번할 수 있다는 일상사를 탁자 위에 놓인 한 알의 사과에 응축시켰다. 「소잡고 개죽다」는 시골로 이사 온 아이들이 자연의 아름다움을 경탄하고 마을 도서관을 즐겁게 오가는 모습을 지켜보는 어머니의 흐뭇한 마음을 반영한다. '비좁다'와 '가깝다'는 뜻을 지닌 방언으로 도시 문화의 유혹을 상쇄하는 교육적 효험을 강조한다.

이정화의 자서와 그들의 서사는 한국의 전통인 공경과 자애심을 두 축으로 삼고 있다. 그녀는 가정과 가문을 지켜내는 도리를 서술할 때 여러 사물의 본질을 가져온다. 일상을 인문주의적 인간사로 승화시키는 기법은 그녀의 보편적이면서 특이한 개성이 이루어낸 수필 시학에 속한다.

2. 심미적 전원과 인간애

자연으로의 귀환은 대다수 사람들의 꿈이다. 시골에서 태어났든, 도시에서 성장하였든, 흙은 인간이 지향하는 모태이다. 전원주의는 자연이 지닌 원초적인 치유력으로 생명을 수호하는 녹색 에너지와 맥을 같이하는 문예사조다. 에덴의 동산과 무릉도원이 신화성을 부여받고 수구초심이 생명으로의 구심력을 보여주는 것도 전원적 모티프이기 때문이다

이정화는 일찍부터 산골에 사는 것을 꿈꿔왔다. 양반골에서 성장하였고 젊은 시절에는 환경운동을 하면서 자연과 인간은 하나라는 믿음으로 시골살이를 준비하였다. 그녀의 시골살이는 은퇴자들의 귀촌과 성격을 달리한다. 영농하면서 자연미를 누리고, 시골 주민들과 동행하면서 도시의 각종 문화를 학습하는 균형을 지키고 있다. 전원주의 작가로서 주민들의 순박한 일상을 스케치하고 해학이 넘치는 일화를 자연애로 감싸는 포용력도 넉넉하다. 에머슨의 자연에 대한 경이감, 영국 시인 워즈워스가 시에서 노래하는 자연 찬미, 소로가 월든 호수에서 이룬 명상적 정관, 그리고 현대 생태주의 작가들이 정립한 자연 공경을 균형 있게 보듬어 명상과 관조력이 충만한 전원수필을 짜고 있다. 그 대표작이 전원 삽화인 「아이고, 두야」다.

가을 추수가 끝나면 촌부들은 콩 싹 지킬 때처럼 다시 앉은뱅이 신세가 된다. 작은 돌이나 쭉정이를 골라내야 장에 팔 자격이 생긴다. 웃골 아지매는 병원을 풀 방구리 쥐 드나들 듯하면서도 몇 가마니 콩을 다 골라낸다. '고마 때려 치아뿌고 싶다.'는 말을 하면서도

기어이 한 해 농사로 거둬들인 콩을 제값 받고 판다. 그것은 돈벌이를 위해서가 아니라 한 해 동안 흙 속에서 견디고, 새 떼의 부리를 피하고, 가뭄을 끝까지 이겨내고, 마침내 도리깨질 받아 노랗고 토실한 콩을 출산한 콩 떡잎들에게 갖추어야 할 예의다.

아이고, 두(豆)야! 고생 끝에 낙(樂)이란 말은 콩을 두고 한 말이겠다. (79~80쪽)

「아이고, 두야」의 '두'는 수확물 '콩(豆)'과 '힘겨운 시골 노동을 하느라 아픈 골치'를 뜻하는 동음이의어다. 농민의 수확이 콩으로, 농민의 노고와 땀이 촌부들의 앉은뱅이 몸짓으로 표현되는 가운데 콩 풍년은 그들이 꿈꾸는 포만의 삶을 반영한다. 이정화의 전원 수필은 시골 풍경과 주민을 합친 풍속화에 가깝다. 그녀는 자신의 직접 노동보다는 사계절에 맞추어 자연 속에서 일하고 즐기며 살아가는 농민의 모습을 문장에 담는다. 곡물이 익어가는 황금빛 들녘과 한가로운 시골로 찾아드는 행상 트럭과 시끌벅적한 장터 풍경도 삽화로 끼워 전원 풍경화를 사방에 건 전시장을 연상시켜줄 정도다.

이것을 위해 작가는 시골 이미지를 살리면서 유연한 언어로 화평스러운 분위기를 조성한다. 그녀의 그림 속에는 물줄기를 두고 싸우는 갈등이나 곡식 낱알을 앞에 두고 다투는 참새와 사람 간의 분쟁은 없다. 모두가 주어진 것에 만족하고 자연의 분수를 존중하는 인물들이 등장한다. 평화와 안정이 작가가 원하는 삶일 뿐만 아니라 자신의 현 생활이 이렇다 함을 보여주려는 소망에서 비롯하기 때문이다.

산골 사람들의 노동을 보여주는 「아이고, 두야」가 여성 노동요다운 작품이라면 남성적 근육 노동을 제재로 선택한 수필은 「제무씨」다. '제무씨'란 강력한 운송력으로 비포장 산길을 거침없이 달리던 GMC 트럭으로, 작가는 제무씨로 순수하면서 건강한 에너지가 충만했던 한때를 되살린다. 요즘의 세련되고 모던한 승용차가 여가 생활을 반영한다면, 제무씨 트럭은 한국 도농 산업을 일으킨 시절의 일꾼이다. 기계와 인간을 합친 은유는 시골 농사를 전담했던 근육질 상머슴 시절로 연장된다. 옛 정취가 아쉽기만 한 작가는 "오로지 몸 하나로 버티는 근육질 두툼한 무쇠 같은 굳센 사내"와 "육체의 땀을 흘리는 노동"을 나란히 세워 개발 시대의 인생살이를 재현한 것이다.

여유와 해학도 빠뜨리지 않아 분주하고 벅찬 시골 노동을 매력적인 삶으로 바꾸기도 한다. 노령 인구가 많은 시골에서는 매사 참견하고 훈수하는 것을 이웃 정이라 여긴다. 그러면서 그들의 인생에 대한 안목이 예사가 아님을 간파한 작가는 「안심골 나부」라는 해학미 넘치는 풍경을 펼친다. 이웃집에 설치된 나신 소조 두 점이 얄궂다고 입방아를 찧는 동네 노인들과 나름의 안목으로 작품을 옷으로 가리는 주인 부부를 등장시킨 작가는 참견과 묘안, 한적함과 소란스러움이 공존하는 시골 분위기를 절묘하게 묘사한다. 시골 노인들이 일상화하는 완상(玩賞)의 즐거움을 작가는 인생 자체가 예술작품이라는 철학적 미감으로 끌어 올렸다.

시골은 인적이 드문 침묵의 마을이지만 정적이 깨어지고 활력을 되찾기도 한다. 그때는 갖가지 생필품과 식품을 실은 만물상 트럭이 찾아오거나 시골 오일장이 열리는 날이다. 「산골 변사의 시네마」는 시골의 서경미를 조명하는 대표작 중의 하나이다. 사라져버린 순회 변사가 안심마을에 방문한 듯, 계절 따라 물건을 팔러 오는 트럭 장수의 마이크 소리가 들리면 주민들은 흥겨운 골목 나들이를 한다. 작가도 주민들의 흥취에 감응하여 행상 트럭의 찰진 목소리를 "세상살이의 변사들"이라고 호응한다.

> 해가 머리꼭지에 뜬 한낮이 되면, 양쪽에 검은 봉다리를 가득 매단 트럭 한 대가 마을 오르막을 올라온다. 그의 정체는 이동 마트다. "콩나물, 두부, 어묵…… 고등어, 갈치, 꽁치 팔아요." 행상 아저씨는 군데군데 세파에 얼룩진 파란색 일 톤 트럭에 뽕짝 음악을 틀어놓고, 마을회관 앞에서 한바탕 북새통을 펼친다. …(중략)… 흔해빠진 마트도 없고 배달 음식도 오지 않는 산골 살림을 거드는 장사치들의 나팔 방송이, 운신이 어려운 노인들이 점점 많아지는 동네 끝까지 찾아온다. 급한 일 있으면 며칠 쉬기도 하지만 이내 무성영화 같은 인생을 되살려준다. 산골 사람들을 영화 속 주인공으로 만들어주는 이동 만물상 트럭 사장님들은 오늘날의 무성영화 변사들이다. (66~69쪽)

"파란색 일 톤 트럭", "뽕짝 음악", "나팔 방송", "무성영화 변사"
라는 언어망이 수묵화 같았던 마을을 한순간에 화사한 유화 같은
마을로 바꾼다. 소리가 없는 언어로 흥이 넘치는 마을을 스케치하
는 작가의 묘사력이 돋보이는 다른 곳은 오일장이다. 「무싯날」과
「인생 만세」는 신명 나는 시골 장터를 배경으로 다룬 2부작이다.
「무싯날」은 파장한 장터와 직장에서 은퇴한 인생을 오늘의 장돌뱅
이로 등장시킨다. 지난 시절의 장돌뱅이는 시골 장터에서 몸으로
살아가던 주인공들이었지만 지금의 장터꾼은 직장에 다니느라 세
상을 알지 못했던 은퇴자들이다. 하지만 이들에게 애상의 애정을
아끼지 않는 작가는 난전 파장과 인생 파장을 합쳐 "유별난 일 없이
지나가는" 무싯날이 행복한 날이라고 이야기한다. 「인생 만세」는
뻥튀기할 때마다 "대한 독립 만세!"를 외치는 노인 장사꾼의 동작으
로 평민들이 품은 애국심을 엄숙하게 걸러내고 있다. 뜨거운 역사
인식과 "위대한 평민"을 담론화하여 묵묵히 일하면서 나라를 걱정
하는 민초를 역사의 주인공으로 소개한다.
　이정화 수필이 지닌 장점은 사라진 풍속과 현대성을 아울러 독
자들에게 시대를 관통하는 민중의식을 보여주는 데 있다. 세월에
퇴색해버린 벽화를 정교한 붓 솜씨로 복원하는 화가처럼 작가는 박
물관의 깔끔한 진열장을 떠올려주는 수필을 쓴다랄까. 그만큼 서경
수필을 쓰는 필체는 큐레이터의 전시력에 가깝다 할 것이다.

3. 사물에 관한 문화적 심미감

사람은 누구와, 혹은 무엇과 가장 가까이 살까. 대부분 가족이라고 답할 것이다. 하지만 그들보다 더 오래 변함없이 함께 생활하는 것은 사물이다. 침대, 식탁, 자동차, 책, 가방 등은 우리의 일상을 받쳐주는 반려물이다. 일반 사람들의 관점은 그것을 이용한다는 것이지만 글을 쓰는 사람은 사물을 철학적으로 해석하고 자신과의 관계성을 밝히려는 노력을 아끼지 말아야 한다.

수필은 자신과 가족에서 시작하여 주변 사물로 뻗쳐가는 해석학에 가깝다. 사물의 해석은 본질에서 철학적 의미를 찾아내는 것이다. 그렇게 하려면 사물을 인식의 중점에 두고 구심적 원심적 질문과 인간사와 연결하는 횡단적 질문을 구사하는 글쓰기가 필요하다.

이정화 수필이 지닌 남다른 면모는 사물을 문화적 관점에서 응시하고 해석하고 표현하는 데 있다. 그녀가 사물을 풀어낼 때 사용하는 신체는 손이 아니라 눈이다. 이 말은 사물의 철학성을 포착하는 것을 작가의 도리로 여긴다는 말이다. 그녀가 직조한 창의적인 의미망은 나아가 문화수필이라는 장르를 확장하는 원동력으로 작동한다.

글은 작가의 경험과 감정과 상황으로 이루어진다. 서사라는 경험, 서정이라는 이미지, 상황에 대한 통찰은 작가와 작품 간의 유기성을 높여준다. 이정화가 살아온 이력을 「점등인이 켜는 별」에, 시골 자연에 대한 생태적 공감을 「아이고, 두야」에 이입하였다면 사물에 대한 문학적 상상력을 한껏 발휘한 작품은 「꼬박」이다. 「꼬박」은 흙을 매체로 인간의 삶을 인식하고 흙이 사발로 변모하는 과정을 공감각적 사유로 풀이한 수작이다. 사물의 조형과 인간의 성장이 지닌 일체감을 작가는 "꼬박은 무한한 가능성의 상징이다."라고 정의한다. 이로써 흙이라는 질료가 그릇으로 변하는 변모와 미숙한 어린이가 사회적 인간으로 성장이 대위법 구도를 이룰 수 있었다.

꼬박은 꼬집고 두드려 맞는 것을 겁내지 않는다. 방짜유기도 망치로 단련하여 놋그릇이 되고, 달궈진 쇠도 수많은 담금질을 통해 보습으로 탄생한다. 국어사전에는 어떤 상태를 고스란히 그대로 지속하는 모양을 일컬을 때 꼬박이라고 쓴다. 옛 도공 가운데 선지자가 있어, 무궁하게 변화하는 흙덩이를 꼬박이라 이름 지은 것은, 부지런히 치대고 주무르지 않으면 도자기처럼 굳어버리기 때문은 아닐까. (44쪽)

유연성이라는 꼬박의 본성을 남달리 존중하는 작가는 꼬박을 인간은 무엇이어야 하는가를 보여주는 본보기로 삼는다. 깨지면 흙으로 돌아가지 못하는 도자기보다는 토기가 됨으로써 재생의 가능성을 잃지 않고, 밟힐수록 다져지는 성질이야말로 꼬박 흙의 본성이라 말한다. 이것은 시련에 부딪힐수록 희망과 신념을 지키는 사람이 이상적 인간인 것과 마찬가지다. 흙의 미학을 꼬박으로 구현한 작가의 심미감은 언제 어디서든 격려를 받을 만하다는 점에서 '꼬박 인생론'을 풀어낸 착상이 돋보인다.

작가는 사물을 볼 때 외양이 아니라 감추어진 본질을 투사하려 한다. 본질은 사물이 지닌 실존적 가치이며 무형의 본성이다. 「글자를 품은 나무」에서는 팔만대장경을 새긴 해인사의 목판본을 거론한다. 대장경은 단순히 나무판자가 아니라 불경을 새김으로써 국가적 문화재라는 존재성을 지닌다. 그 존재성은 목공의 불심, 극락정토로의 염원, 국가의 안위, 천년 예술의 결정을 위한 발원과 회향으로서 대장경판이 '불변의 염원'이라는 실존성을 갖는다는 해석이다.

작가가 지닌 문화재에 관한 관심은 각별하다. 그녀는 도자기, 토기, 고택, 정자 등을 단순한 구경거리가 아니라, 이야기하는 주체로 간주한다. 이런 발현은 종갓집에서 성장한 작가가 시골에 거주하는 데 따른 문화적 취약성을 보완한 노력의 결과로 보인다. 문화재를 소재로 한 작품으로 「오리정 별사」와 「웃는 문」이 있다. 전자는 옛사람들이 석별의 아쉬움을 오 리 떨어진 정자에 들러 다시 나눈다는 정자 문화를 소개한다. 이별의 정서는 지금도 변함없다는 점에서 사라진 오리정의 애환을 복원하려는 작가의 소회가 깊게 와닿는다.

오리정의 감회는 한옥의 소담한 문으로 이어진다. 한옥 마당과 대문과 방과 담장은 그곳에 살았던 사람들의 생활상을 고스란히 반영하지만, 작가는 고택의 우람한 외형보다는 문설주와 미닫이문처럼 일상에 밀착된 것에서 당대 양반들의 엄전한 삶을 목격한다. 문이 지닌 역할을 차분하게 풀어낸 「웃는 문」은 우아하고 세밀한 묘사로 이루어진 규방수필 형식을 지닌다. 사랑채로 들어서는 문, 안채문, 별당 문, 중문, 안방 문을 소개하는 가운데 오늘날의 닫힌 벽에 대비시킨다. 문을 여는 사람이 웃을 때 '웃는 문'이 된다는 소통을 풀어낸 기법은 사물의 인간화에서 비롯한다.

현대 문화예술에 대한 작가의 취향은 관객으로서 참여하는 형태로 나타난다. 수필의 토양이 인문학과 예술 소양에 있다는 작가의 견해를 밝힌 작품으로 「R석 12열 9번 공연」을 들 수 있다.

> 출연자들은 피나는 연습으로 내 몸 구석구석 쪼그라든 세포를 빵빵하게 살아나게 하고, 관객으로부터 응원과 에너지를 받아먹으니 그들에게 보답해야 한다. 예술가와 관람자도 궁합이 있는 것 같다. 긴 세월 동안 연기와 연주에 혼신을 바친 밤낮을 짐작한다. 그 노고는 보상받아야 한다고 믿으므로 자리에서 일어나는 걸 서슴지 않는다. 감동은 웃음과 눈물로, 경탄의 눈빛으로, 열광의 환호로 표현된다. 내 호응은 늘 연주자와의 물아일체(物我一體)다. (18쪽)

연극 애호가로서 작가는 연극인들의 열정을 옹호한다. 객석 연기자가 되어 출연자들과 호흡을 맞추는 그녀는 당당하게 관객의 역할을 강조한다. 그렇더라도 독자는 이 작품이 관객의 공감대를 강조하는 글만이 아님을 알아야 한다. 인간이 인생이라는 배역을 맡은 배우라면 작가는 작가라는 배역을 충실히 하는 소명을 갖는다.

점등인이 켜는 별

수필 창작으로 예술의 본질에 다다르기를 소망하는 이정화도 물아일체는 인생의 도리로서 상대방에게 먼저 다가서는 아량과 배려라고 말한다. 그때 독자는 객석에 앉은 이정화가 인생 공연의 파수꾼을 연기하는 배우임을 인지하게 된다.

덧붙여

수필은 체험이 자아낸 상징과 의미와 이미지를 포착하는 글이다. 글을 쓴다는 연기는 현재의 내가 '그때 그곳의 인물'로 '몸들림'하는 것이다. 이처럼 작가는 배우의 연기력에 비유될 필력을 지녀야 한다, 그것이 작가로서 이정화가 이루어낸 흡인력이다.

이정화의 작품은 작가적, 인간적 흡인력을 가지고 있다. 온유하면서 강인한 문체, 여성적 시선을 초월하는 인생관, 인문학적 지평을 추구하는 해독력과 자연에 대해 두터운 해석력을 『점등인이 켜는 별』 곳곳에서 찾게 된다. 그 점등인은 인생을 탐색하면서 타자를 위한 길을 닦는 선행(先行)의 화자이기도 하다. 인공 등불이 아니라 하늘에 떠 있는 별빛으로 세상을 비추려는 생태적 자연함도 작가의 고아한 심성에서 비롯한다.

무엇보다 이정화의 수필을 읽으면 다정다감한 은유가 풍부하다는 것을 단번에 알 수 있다. 수필 작가가 사물의 이면에 쌓여 있는 의미를 세상이라는 광 밖으로 풀어내면서 품격 있는 연륜을 쌓는 문도(文道)가 쉬운 게 아니다. 그런데도 이정화는 수필 점등인이 되어 인생 여행 길을 조명해주겠다는 작가의식의 끈을 놓치지 않았기 때문에 독자에게 글을 읽는 인생 일락(一樂)을 줄 수 있었다. 그것만큼 뿌듯한 작가의 보람이 어디 있는가.

점등인이
켜는
별

이 정 화 산 문 집

푸른사상 산문선